AF215971

Tucholsky Wagner Zola Scott Sydow Freud Schlegel
Turgenev Wallace Fonatne
Twain Walther von der Vogelweide Fouqué Friedrich II. von Preußen
Weber Freiligrath Frey
Fechner Fichte Weiße Rose von Fallersleben Kant Ernst Richthofen Frommel
Hölderlin
Engels Fielding Eichendorff Tacitus Dumas
Fehrs Faber Flaubert
Maximilian I. von Habsburg Fock Eliasberg Zweig Ebner Eschenbach
Feuerbach Ewald Eliot Vergil
Goethe Elisabeth von Österreich London
Mendelssohn Balzac Shakespeare Dostojewski Ganghofer
Trackl Stevenson Lichtenberg Rathenau Doyle Gjellerup
Mommsen Tolstoi Hambruch Droste-Hülshoff
Thoma Lenz Hanrieder
von Arnim Hägele Hauff Humboldt
Dach Verne Reuter Rousseau Hagen Hauptmann Gautier
Karrillon Garschin Defoe Baudelaire
Damaschke Descartes Hebbel
Hegel Kussmaul Herder
Wolfram von Eschenbach Dickens Schopenhauer
Bronner Darwin Melville Grimm Jerome Rilke George
Campe Horváth Aristoteles Bebel Proust
Bismarck Vigny Barlach Voltaire Federer Herodot
Gengenbach Heine
Storm Casanova Tersteegen Gilm Grillparzer Georgy
Chamberlain Lessing Langbein Gryphius
Brentano Lafontaine
Strachwitz Claudius Schiller Schilling Kralik Iffland Sokrates
Katharina II. von Rußland Bellamy Tschechow
Gerstäcker Raabe Gibbon
Löns Hesse Hoffmann Gogol Wilde Gleim Vulpius
Luther Heym Hofmannsthal Klee Hölty Morgenstern Goedicke
Roth Heyse Klopstock Kleist
Luxemburg La Roche Puschkin Homer Horaz Mörike Musil
Machiavelli Kierkegaard Kraft Kraus
Navarra Aurel Musset Lamprecht Kind Kirchhoff Hugo Moltke
Nestroy Marie de France
Laotse Ipsen Liebknecht
Nietzsche Nansen Ringelnatz
Marx Lassalle Gorki Klett Leibniz
von Ossietzky May vom Stein Lawrence Irving
Petalozzi Knigge
Platon Pückler Michelangelo Kock Kafka
Sachs Poe Liebermann Korolenko
de Sade Praetorius Mistral Zetkin

Drei Märchen

Georg Ebers

Impressum

Autor: Georg Ebers
Umschlagkonzept: toepferschumann, Berlin

Verlag: tredition GmbH, Hamburg
ISBN: 978-3-8424-6968-6
Printed in Germany

Georg Ebers

Drei Märchen für Alt und Jung.

Die Nüsse, ein Weihnachtsmärchen.– Das Elixir. – Die graue Locke.

Seinen lieben Töchtern

Frau Prof. Freifrau Mathilde von der Ropp

und

Frau Dr. Emmy Seidel,

den Müttern seiner Enkel,

in väterlicher Treue gewidmet.

Die Nüsse.

Ein Weihnachtsmärchen für meine Kinder und Enkel.

Der verwundete Oberst, den wir in unserem Hause gesund pflegten, durfte nur wenig gehen, und wenn er am Nachmittag etwas
herumspaziert war, mußte er auf dem bequemen alten Lehnsessel,
den wir den Großvaterstuhl nannten, Ruhe suchen.

In der Dämmerstunde steckte unser lieber Gast die zweite von
den drei Pfeifen an, die der Doktor ihm jeden Tag zu rauchen gestattete, gab den Kindern ein Zeichen, und das junge Volk folgte
ihm schnell genug; denn es hörte seine Geschichten so gern, wie es
ihm gut war.

Freilich durfte der Genesende noch nicht länger als eine halbe
Stunde hinter einander erzählen; denn seine Wunden waren so
schwer gewesen, daß unser vielerfahrener Chirurg versicherte, es
widerspreche den Naturgesetzen und sei eigentlich ein Unding, daß
dieser Mann überhaupt noch unter den Lebenden wandelte.

Was seine Geschichten angeht, so hatten sie nie verfehlt, das Inte-
resse der Zuhörer wach zu erhalten, und dies verdankten sie zum
Teil dem Umstande, daß sie gewöhnlich abgebrochen werden mußten, wenn die Spannung eben den Gipfel erreicht hatte.

Dazu klang die tiefe Stimme des Erzählers viel leiser, als seine
breitschulterige Hünengestalt es erwarten ließ, und es lag in ihrem
gedämpften, oft flüsternden Ton ein geheimnisvoller Zauber nicht
nur für die Kleinen.

Daß der Oberst unsern sechsjährigen Hermy seinen Geschwistern
recht auffällig vorzog, dankte das Kind wohl besonders dem Be-
fehlshaberblicke, mit dem der alte Soldat es einmal zum Weinen
gebracht hatte. Seitdem war Hermy so entschieden sein »Herzblatt«
geworden, daß er ihn sogar den Schwesterchen vorzog, die es ihm
zuerst angethan zu haben schienen, und niemals will ich die zärtli-
chen, beinahe mütterlich innigen, liebkosenden Töne vergessen, die
wir aus der breiten Brust dieses Graubartes mit dem großen runden
Haupte und dem echt mannhaften Antlitz vernahmen, während er
den Kleinen zu trösten versuchte.

Es war wunderbar, wie dieser an Gehorsam gewöhnte und wegen seiner schneidigen Thatkraft bekannte Kriegsheld unter den Kindern zum Kind werden konnte. Er hatte ein geliebtes Weib, ein Söhnchen in Hermys Alter und eine Tochter in jungen Jahren dahinscheiden sehen, und unsere heranwachsende Schar mochte ihn an die verlorenen eigenen Schätze erinnern.

Was seine Geschichten angeht, so wußte er sie aufs schärfste zu sondern. Einige begann er mit den Worten: »Da bin ich«. und sie hielten sich immer streng an der Wahrheit, die anderen aber begannen: »Es war einmal«, und während jene sich auf das eigene reiche Leben des Obersten bezogen, waren diese teils bekannte, teils frei erfundene Märchen, worin es von Feen und Geistern, Elfen und Gnomen, Zauberern und Drachen, Wichtelmännchen, Nixen, Lorinnen und Zwergen wimmelte.

Jetzt kam die Weihnachtszeit heran und morgen – am Heiligabend – sollte der Christbaum angezündet werden. Am dreiundzwanzigsten Dezember, kurz vor dem Erzählungsstündchen, kam der kleine Hermy nach Hause und zeigte den Geschwistern die winzigen Geschenke, die er gekauft: für den Vater ein Stück Gummi, für die Mutter einen Bleistift, für die Großmama eine Düte voller Nüsse, sowie ähnliche Dinge, die so klein sie auch waren, doch sein ganzes erspartes Taschengeld aufgezehrt hatten.

Die älteren Brüder, denen er strahlend vor Freude diese Herrlichkeiten wies, zeigten indessen keineswegs die Bewunderung, die er erwartete, sondern neckten ihn als echte Flegel, die sie damals gerade waren, und machten sich – einer Schwester gegenüber wären sie vielleicht weniger unzart gewesen – über »die großartigen Geschenke« des Brüderchens lustig.

Mein Karl erlaubte sich die Frage, was der Vater, den doch kein Mensch jemals zeichnen gesehen hatte, mit dem Gummi anfangen solle, und Kurt fügte hinzu, der Großmama wüchsen im eigenen Garten mehr Nüsse zu, als sie alle zusammen an zehn Weihnachtsabenden bekämen.

Da traten dem Kleinen helle Thränen in die Augen, und er warf einen recht bekümmerten Blick auf die verachteten Schätze, an denen er sich eben noch so herzlich gefreut; ja er schluchzte leise auf, und mit einem betrübten: »Aber ich hatte ja nicht mehr!« steckte er die entwerteten Kleinodien in die Tasche.

Der Oberst war dem allen schweigend gefolgt, jetzt aber zog er den Liebling zu sich heran, küßte ihn und streichelte ihm die blonden Locken. Dann forderte er ihn freundlich auf, sich ganz dicht neben ihm auf die Fußbank zu setzen, gebot den anderen Kindern, sich gleichfalls niederzulassen, und Karl und Kurt, die Ohren recht weit offen zu halten.

Meine Frau und ich, die von diesem Vorgang erst später erfuhren, traten eben auch in das Zimmer und baten den Obersten, mit zuhören zu dürfen. Das wurde gern bewilligt, und nachdem man die Lampen gebracht hatte – denn es war später als sonst geworden – strich der Oberst sich den dichten Schnurrbart länger und sorgfältiger als sonst und begann, nachdem er kurze Zeit stumm vor sich hingeschaut hatte: »Meine Geschichte soll heute heißen: ›Die Nüsse‹. Gefällt Dir das, Hermy?«

Der Kleine lächelte ihn erwartungsvoll an und nickte dazu mit dem Kopfe; er aber begann:

»Ihr meint gewiß, Kinder, – und das ist verständig – es sei von den Toten noch keiner zurück gekehrt, und kein Mensch könne darum wissen, wie es droben im Himmel und unten in der Hölle aussieht; aber ich – schaut mich nur an – ich hier bin doch im stande, etwas davon zu erzählen.«

Hier machte er eine kleine Pause, weil meine Frau ihm mit der Pfeife und dem Fidibus genaht war; die Kinder aber schauten einander fragend und bedenklich an; denn dies war die erste Geschichte des Obersten, die nicht mit dem »Da bin ich« oder »Es war einmal« anfing, und von der sich also nicht gleich sagen ließ, ob sie wahr sei oder erfunden. Wolfgang, mein dreizehnjähriger Aeltester, der auch die jüngeren Knaben schon gern »die Kleinen« nannte und ein echter Sohn seiner Zeit zu werden anfing, entschied sich freilich sofort für das letztere; aber auch er richtete sich höher auf und warf mir einen fragenden Blick zu, als der Oberst fortfuhr:

»Die beiden Kugeln hier drinnen und der Säbelhieb in der Schulter – ihr wißt ja, wie und wo ich dazu kam ... Kurz, am Nachmittag sank ich damals vom Pferd in das Gras, und erst am nächsten Morgen wurde ich von den Krankenträgern gefunden und auf den Verbandplatz geschleppt. Da machten sie mich wieder lebendig. In der Zwischenzeit – einen halben Tag und eine ganze Nacht hat es gewährt – bin ich kein lebendes Menschenkind gewesen wie ihr hier und die anderen zweibeinigen, bisweilen mit Vernunft begabten Geschöpfe.«

Dabei ließ er den sonderbar scharfen Blick vielsagend von Karl zu Kurt schweifen; die Mädchen aber faßten einander bei der Hand, und es sprach ihnen aus den Augen, daß sie es bedenklich fänden, einem ehemaligen Toten so dicht gegenüberzusitzen. Ein Glück nur, daß der Auferstandene so gut war und ganz zweifellos lebte; denn das bewies seine Rede und der Dampf, den er bei jeder Pause in die Luft blies.

»Ja, Kinder,« begann der Oberst von neuem, »ein großes Wunder hat sich mit mir altem Manne begeben. Der lange Leib hier, der lag unter stöhnenden Menschen, verendenden Pferden, zerbrochenen Kanonenlafetten, Munitionswagen, Granatensplittern und fortgeworfenen Waffen auf dem blutigen Rasen; die Seele aber – ein gar zu schlimmer Sünder muß ich doch nicht gewesen sein hienieden – die Seele, die durfte sich's indes wohl sein lassen im Himmel. Eins, zwei, drei – so schnell, wie ihr nur denken könnt: ›Das ist ein Apfel‹ oder ›Die blonde Ina hat eine hübsche Puppe im Schoß‹ – war sie droben. Und nun – ich seh' es euch an – nun möchtet ihr wissen, wie's im Himmel aussieht, und ich kann's euch, weiß Gott, nicht verdenken; denn schön ist's da freilich, wunderschön, aber leider, leider, nicht einmal versuchen darf ich, es zu beschreiben. Das muß nämlich für die Lebenden ein Geheimnis bleiben, weil – aber das geht euch nichts an, und es bekäme mir übel, wenn ich plaudern wollte.«

Hier wurde der Oberst durch manche Aeußerung des Bedauerns unterbrochen; doch fuhr er unbeirrt und in beschwichtigendem Tone fort:

»Laßt es nur gut sein. Auf Schilderungen mich einzulassen, ist mir freilich verboten; einzelnes von den Erlebnissen da oben euch mitzuteilen, das wird indes schon angehn. So hört denn! Daß die Hölle unterhalb des Himmels gelegen ist, habt ihr schon, sollt' ich denken, irgendwo vernommen. Natürlich können die seligen Toten für gewöhnlich nichts von den Qualen der Verdammten hören und sehen; denn das würde ihnen die Freuden des Paradieses ganz und gar verderben; aber manchmal – ich glaube einmal im Jahre – ist es den Verklärten dennoch gestattet, in die Hölle zu schauen. Es hat aber damit eine besondere Bewandtnis. Wenn nämlich das Kuppeldach, das die Hölle den Blicken der Himmelsbewohner entzieht, aufgethan wird, so geschieht es zum Besten der Verdammten; denn der Herr gestattete in seiner Gnade, daß die Seligen sich die in der Hölle ansehen, um, wenn sie einen unter ihnen finden, von dem sie etwas Gutes selbst genossen oder auch nur durch andere vernommen haben, dies dem heiligen Petrus zu melden. Gefällt dem nun das Löbliche, das der jetzige Höllenbewohner einmal vor dem Tode auf Erden gethan, so kann er ihm deswegen die Zeit der Strafe kürzen oder ihn freisprechen und ihm sogleich das Himmelsthor öffnen.

»Was mich betrifft, so gelangte ich gerade am Tage einer solchen Höllenschau ins Paradies und bekam dadurch merkwürdige Dinge zu schauen. Uf! Das war der schwerste Teil meiner Geschichte, und ihr habt ihn hoffentlich verstanden?«

Damit suchte der Blick des Erzählers wiederum den der Kinder, doch lag diesmal nichts Verweisendes darin; er war vielmehr fragend, und als von all den jungen Lippen ein lautes »Ja« und »Gewiß« erscholl, glänzten die Augen des Obersten hell auf, und sein schweres Haupt nickte freundlich, als er fortfuhr:

»Daß die Seligen barmherzig und froh bereit sind, das Elend der Unglücklichen, wie sie auch heißen und wo sie sich immer finden mögen, zu mildern, das versteht sich von selbst, und ich brauche euch darum nicht zu beschreiben., wie eifrig sie suchen, sich einer guten That zu erinnern, die den einzelnen Verdammten etwa nachzurühmen wäre. Aber Sankt Petrus ist ein so gerechter wie milder Richter; und so fällt denn diese Nachlese spärlich aus, und wenige finden noch etwas Gutes, das der Erwähnung wert wäre, an den armen Verdammten. Auch mir war es gestattet, in den gräßlichen Ort der Qualen hinunterzuschauen, und was ich dort zu sehen bekam, war furchtbar schrecklich. Denkt es euch, wie ihr wollt! Als ich endlich das Entsetzen, das mich erfaßte, überwunden hatte, gewahrte ich eine ganze Menge von Damen und Herren, die ich auf

Erden gekannt. Unter ihnen waren so manche, die mir besonders fromm und tugendhaft vorgekommen waren und die ich weit eher an einem bevorzugten Plätzchen im Himmel, als da unten zu finden erwartet hätte; doch gerade von ihnen wußten die wenigsten Seelen etwas zu vermelden, das aus reiner, selbstloser Güte vollbracht worden wäre. Von diesem oder jenem wurde zwar eine That hervorgehoben, die fromm, ja erhaben genug aussah, – aber da drüben liegen auch die Beweggründe der menschlichen Handlungen und die Gesinnung, aus der sie hervorgegangen sind, offen zu Tage, und die war immer so beschaffen gewesen, daß denen, die schöne Thaten verrichtet hatten, auch die großartigsten Liebeswerke nicht zu gute geschrieben werden konnten. Ihre frommen Werke hatten nur bezweckt, von den Menschen gesehen zu werden oder ihnen etwas einzubringen, das dem Ehrgeiz schmeicheln, den Neid anderer erwecken oder ihren Reichtum auf sonderbaren Nebenwegen vergrößern sollte. Vielleicht versteht ihr nicht ganz, wie das gemeint ist; aber das thut nichts. Die Mutter mag euch so viel davon erklären, wie sie für recht hält.

»Die armen Enttäuschten, sowie die Unglücklichen, für die sich keine Stimme erhob, thaten mir herzlich leid, doch ich konnte ihnen nicht helfen.

»Unter ihnen bemerkte ich auch eine Frau, die ich auf Erden sehr wohl gekannt hatte, und der, meinte ich, geschehe es schon recht, daß sie verdammt worden sei. Ich erwartete auch gar nichts anderes, als sie hier wiederzufinden. Ihr wißt ja nicht, Kinder, was ein kaltes Herz ist, aber das dieses Weibes war hier unten von Eis oder Stein gewesen; denn obwohl sie weit mehr besessen hatte, als sie bedurfte, war sie nicht durch die rührendsten Bitten der ärmsten Armen zu bewegen gewesen, ihre Not zu lindern. Um eigene Neigungen zu befriedigen, hatte sie Nebenmenschen ausgenutzt und geschädigt. Ohne auch nur eine Seele recht zu lieben, war sie – des glaubte ich gewiß zu sein – durchs Leben gegangen, und darum hatte niemand ihr gut sein mögen, und einsam war sie gestorben. Elend wie in der Hölle ist sie, denk' ich, schon hienieden gewesen; denn wer kann sich wohl glücklich fühlen, der nicht liebt und geliebt wird?

»Für sie, sagt' ich mir, werde sich gewiß keine Stimme erheben. Doch ich hatte mich geirrt; denn da schwang sich auf einmal ein besonders holdseliges Engelskind mit blau und weißen Flügeln an mir vorüber. Ohne die geringste Scheu flog es auf den heiligen Petrus zu, der mit dem großen Bart und dem mächtigen Schlüssel in der Hand gebieterisch genug aussah, wies mit dem kleinen Zeigefinger auf die hartherzige Frau und rief: ›Die da schenkte mir einmal eine Hand voll Nüsse!‹

»›So, so,‹ versetzte der hohe Hüter des Himmels. ›Das war zwar wenig, und doch klingt es erstaunlich; denn das Weib dort hat sich sonst bei Lebzeiten von keiner Stecknadel getrennt. Aber Du, Kleines, was warst Du denn auf Erden?‹

»›Das arme Hannele hieß ich,‹ versetzte der Engel. ›Ich bin vor Hunger gestorben, und nur einmal hat mir ein anderer Mensch etwas geschenkt, woran ich mich freuen konnte, und das ist die Frau dort gewesen.‹

»›Merkwürdig,‹ erwiderte Petrus und strich den langen weißen Bart. ›Gewiß hat sie Dich mit den Nüssen für einen Dienst recht spärlich belohnt.‹

»›Nein, nein,‹ versetzte der Engel lebhaft.

»›So erzähle denn genau, wie es kam,‹ befahl der Apostel, und die kleine liebliche Seele gehorchte schnell und begann:

»›Die kranke Mutter und ich wohnten noch in der Stadt ganz allein; denn der Vater war tot. Um Weihnachten hatten wir gar nichts mehr zu essen. Da machte die Mutter, obwohl sie im Bett lag und der Kopf und die Hände ihr glühten, Schäfchen aus kleinen Holzstäben und Watte, und ich half ihr dabei und trug sie auf den Christmarkt. Da saß ich auf einer Treppe und bot sie den Leuten an, aber keines wollte sie haben. So vergingen die Stunden, und es war sehr kalt, und das Knie mit der offenen Wunde, die doch keiner sah, that mir so weh, und der Frost an den Fingern und Zehen brannte und kitzelte schrecklich. So wurde es Abend, und die Laterne über mir war schon angesteckt worden. Aber nach Hause konnte ich doch nicht; denn erst einer hatte mir ein Kupferstück in den Schoß geworfen, und ich brauchte doch mehr, um etwas Brot und Kohlen zu kaufen. Der eigene Schmerz that weh, aber daß die Mutter ohne mich daheim lag und keiner da war, um ihr etwas zu reichen und sie zu stützen, wenn die Atemnot sie packte, das that noch weher. Ich hielt es kaum mehr aus auf dem harten, kalten Treppenstein und hatte die Augen voll Thränen. Da lud man ein Faß vor dem Haus ab, und wie die Markthelfer es über den Bürgersteig in den Laden neben mir wälzten, wurden die Vorübergehenden aufgehalten, und die Frau dort – ich erkenne sie wohl – blieb vor mir stehen. Nun bot ich ihr ein Schäfchen an und schaute ihr mit den nassen Augen ins Antlitz. Aber das war so hart und starr, daß ich denken mußte: Die gibt dir nichts! Doch es kam anders; denn plötzlich war es, als glätteten sich ihre Züge, und ihr Blick erwärmte sich wirklich. Er traf auch den meinen, und bevor ich mich dess' versah, griff sie in die Düte, die sie auf dem Arm trug, und warf mir eine Handvoll Nüsse in den Schoß. Indes war die Tonne in den Laden gerollt worden, und der gestaute Menschenstrom wollte die Frau mit sich fortreißen; sie aber kämpfte gegen ihn an. Es war gar nichts Leichtes, und sie that es nur, um mir noch eine zweite, eine dritte und vierte Handvoll von den allerschönsten Walnüssen zuzuwerfen. Ich seh' es noch vor mir, als wär' es heute geschehen! Und sie griff dann auch in die Tasche, gewiß um mir Geld zu geben, doch das Drängen der Leute war so stark, daß sie ihm nicht länger widerstehen konnte. Sie hörte wohl auch kaum noch, wie ich ihr dankte.‹

»Hier schwieg der Engel und warf der verdammten Frau eine Kußhand zu; Sankt Petrus aber fragte diese, wie sie, die sonst jeden Armen mit Härte von sich gewiesen, dazu gekommen sei, dies Kind so hübsch zu beschenken.

»Da schluchzte das Weib in der Hölle laut auf und versetzte: ›Die feuchten Augen der Kleinen hatten mich an mein Schwesterchen erinnert, das unter Schmerzen starb, bevor ich hart geworden war und schlecht, und dabei ist es sonderbar – ich weiß selbst nicht wie – über mich gekommen. Es war, als erweiche sich mir das Herz, und etwas hier drinnen sagte mir, ich würde mir selbst zeitlebens gram sein und noch unglücklicher werden, als ich es ohnehin war, wenn ich dem Kind am heiligen Christ keine Freude bereitete. Am liebsten hätt' ich es an mich gezogen und herzinniglich geküßt. Nachdem ich ihm die Hälfte der Nüsse zugeworfen, die ich eben gekauft, wurde mir auch so froh zu Mut, wie mir lange nicht gewesen, und ich hätte ihm gewiß und wahrhaftig auch Geld geschenkt, wenn auch nur wenig...‹

»Aber Petrus ließ sie nicht weiter reden. Er hatte genug gehört, und da er wußte, daß es keiner Seele im Himmel und in der Hölle möglich ist, eine Unwahrheit zu sagen, nickte er dem Weibe zu und versetzte: ›Das war allerdings etwas Gutes; doch ist es zu leicht und genügt nicht, die Schale zu heben, auf die wir Deine schlechten Thaten bei der Wägung Deiner Handlungen legten. Vielleicht wird Deine Strafe gemildert. Doch Du bist drunten mit Gütern reich gesegnet gewesen, und wie wenig galten Dir ein paar Nüsse! Was Dich antrieb, sie zu verschenken, war dem Herrn wohlgefällig, gern geb' ich es zu; doch, wie gesagt, die Gabe war zu gering, als daß Du um ihretwillen aus der Hölle entlassen werden könntest.‹

»Damit ging er von dannen; doch eine helle Stimme von wundervollem Wohllaut rief ihn zurück. Es war die des Heilandes, und er selbst trat mit majestätischer Gelassenheit auf den Apostel zu und sprach: ›Laß uns erst sehen, ob das Almosen, wovon wir hier hörten, wirklich so gering war, daß es der sündigen Seele dort nicht zu gute kommen könnte. Gib uns zu hören, Kind‹ – und damit wandte er sich an den Engel, was mit den Nüssen geschah.«

»›O, lieber hoher Heiland,‹ versetzte der Engel, ›die Hälfte hab' ich mir munden lassen und dabei auch Deiner gedacht; denn ich war der Meinung, daß ich sie Deiner Güte verdankte und daß es mein ››Christkindchen‹‹ sei, wie die Leute in der Stadt, wo wir wohnten, ein Weihnachtsgeschenk nennen.‹

»›Siehe doch, Petrus,‹ unterbrach hier der Heiland den Engel, ›schuld' ich es nicht den Nüssen jener Frau, daß mir eine reine Kinderseele zugeführt wurde? Und schon das ist nichts Kleines. Doch was geschah weiter mit ihnen?‹

»›Ich naschte die meisten auf,‹ antwortete die Kleine, ›doch am Christabend gab es dazu noch anderes zu essen; denn die Leute, die mich angesehen hatten, wie mir die Frau etwas in den Schoß warf, waren aufmerksam auf mich und mein armes, verhärmtes Gesichtchen geworden, und bald hatt' ich die sechs Schäfchen verkauft, und dazu war mir noch mancher Dreier und Groschen, ja sogar ein ganzer Thaler in die Schürze geflogen. Davon konnt' ich mancherlei für die Mutter kaufen, das ihr so notthat, und wenn sie auch am

Neujahrsmorgen starb, so durfte sie sich doch in den letzten Tagen mancherlei Erleichterung gönnen.‹

»Da warf der Heiland Petrus wiederum einen bedeutungsvollen Blick zu, und ein großer, schöner Engel, die Seele der Mutter des armen Kindes, begann: ›Wenn Du es gestattest, hoher Herr Jesus, so möcht' auch ich ein Wort zu Gunsten der Verdammten dort sagen. Bevor das Hannele mit den Nüssen heimkam, lag ich ganz ohne Trost und Halt in schwerem Leid darnieder. Den Glauben hatt' ich verloren; denn keines meiner Gebete war erhört worden, und ganz verbitterten Herzens meinte ich, Du, der doch den Armen hold warst auf Erden, und Dein himmlischer Vater hättet unser und unseres Elends ganz und gar vergessen, um die Reichen mit desto größeren Gaben zu überhäufen. In meinem und des Kindes Jammer hatt' ich den Tag verfluchen gelernt, an dem wir geboren. O, wie wüst sah es in mir aus, während das Hannele die Schäfchen feil bot und gar nicht heimkehren wollte, obwohl ich seiner so nötig bedurfte; denn mich durstete so, daß der Gaumen wie Feuer brannte, und die erstickenden Anfälle blieben auch nie lange aus und wurden fast unerträglich, wenn keines da war, um mich in die Höhe zu richten. Da schalt ich diejenigen Lügner, die uns Armen einreden wollten, ein gütiger Vater im Himmel nenne auch uns seine Kinder und sorge für uns. – Wie aber das Hannele heimkehrte und das Lämpchen anzündete, und ich sein liebes Gesichtchen, das schon lange nicht mehr gelächelt, und aus dem ich nichts gelesen hatte als Jammer und Schmerz, leuchten und strahlen sah vor Freude und dann die Nüsse erblickte und die anderen guten Sachen, die es brachte, und sie auch genoß, da erhob ich das arme Herz in neuer Zuversicht zu Dir, mein Herr, und Deinem gütigem Vater, und der Dank hier drinnen hörte nicht auf bis ans Ende, und wenn ich nun im Anblick Eurer Herrlichkeit der himmlischen Freuden genieße, so dank' ich das doch wohl der Frau dort, und daß sie so gut war, dem Hannele die Nüsse in das Schürzchen zu werfen.‹

»Da nickte ihr Petrus bestätigend zu. Dann verneigte er sich vor dem Heiland und sagte: ›Die kleine Gabe jener Unseligen wirkte allerdings Größeres, als ich annehmen konnte; doch wenn ich Dir mitteile, eine wie große Sünderin sie auf Erden gewesen . . .‹

»»Ich weiß,‹ fiel ihm hier der Heiland ins Wort. ›Bevor wir aber über das Schicksal dieses Weibes entscheiden, laß uns doch vernehmen, was das Kind mit den Nüssen that, die es übrig behielt; denn wir hörten ja, daß es nicht alle vernaschte. Nun, Englein, wohin sind die letzten gekommen? Erzähle! Gern hören wir Dir zu.‹

»Da begann das Hannele von neuem: ›Nachdem sie die Mutter begraben hatten, brachten sie mich aufs Land ins Gebirge; denn sie sagten, die Stadt hätte nicht für mich zu sorgen, sondern die Gemeinde des Dorfes, wo meine beiden Eltern geboren. Dahin brachte man mich denn auch. Die sechs Nüsse, die ich aufgehoben, hatt' ich mitgenommen, um damit zu spielen. Das that ich, wie es Frühling wurde, am liebsten ganz für mich allein auf dem kleinen Rasenplatz hinter dem Armenhause, in dem ich das einzige Kind war; denn es wurden dort außer mir nur noch drei alte Weiblein zu ››Tode gefüttert‹‹, wie die Bauern und Weber des Dorfes es nannten. Von meinen Gefährtinnen waren zwei blind und die dritte brütete nur noch stumpf vor sich hin. Sie merkten auch gar nicht, was um sie her vorging; mir aber weitete das Herz sich aus, als rings um mich her alles wuchs und sproßte, knospte und so fröhlich erblühte. Die Brust that mir immerfort weh, und doch hatte ich meine Freude an dem allen. Wohin ich schaute, wurde gesät und gepflanzt. Das sah ich zum erstenmal, und nun überkam mich das Verlangen, auch einmal der guten Erde etwas anzuvertrauen, das für mich keimen und sprießen, ergrünen, wachsen und groß werden sollte.

»»Da steckte ich denn vier von meinen sechs Nüssen in die Erde. Ich legte sie so weit auseinander, wie es auf dem kleinen Raume nur anging; denn waren aus meinem Samen erst große Bäume geworden, so sollten sie einander nicht im Wege stehen und die Luft und den Sonnenschein nehmen, die ich beide so dankbar genoß. Ich sah meine Nüsse auch keimen; doch was dann aus ihnen wurde, erlebte ich nicht mehr da unten; denn zwei Jahre, nachdem ich sie gesät, brach die Hungersnot aus, und die armen Weber, die das Gebirgsdorf bewohnten, hatten kaum genug, um Weib und Kind zu ernähren. Für das Armenhaus blieb wenig übrig, und weil ich ohnehin siech war, konnte ich der Not nicht widerstehen, und ich war die erste, die an dem schrecklichen Fieber starb, das der Hunger hervorruft.

»›Dem Sack, worin sie mich begruben – denn wer hätte den Sarg wohl bezahlt? – ist nur die Stumpfsinnige und eine der Blinden gefolgt. Die letzten beiden Nüsse hatt' ich mit den Alten geteilt. Jedes bekam eine halbe, und wie mundete doch das winzige Stückchen uns allen vieren; denn solch ein Leckerbissen wird zur Wohlthat, wenn die Zunge lange nichts kostete als etwas Brot und Kartoffeln. Die anderen Nüsse sah ich von hier oben aufsprießen und zu Bäumen erwachsen. Sie bekamen alle vier gerade Stämme und schöne dichte Kronen. Unter dem einen, der neben der Quelle stand, die sie jetzt den Frischbrunnen nennen, errichtete ein alter Zimmergesell, der ins Armenhaus kam, eine Bank.‹

»Hier unterbrach ein anderer Engel den kleinen Erzähler mit der Frage: ›Meinst Du den Nußbaum in Dorbstädt?‹ Und als er eine bejahende Antwort erhielt, rief er eifrig: ›Ich, Herr, ich bin der alte Zimmergesell gewesen, und in meinen letzten Sommern hab' ich mir nichts Lieberes gewußt, als unter dem Nußbaum am Frischbrunnen zu sitzen, meiner Verstorbenen, die ich bald bei Dir wiedersehen sollte, zu denken und mein Pfeifchen zu rauchen. Im Herbst ist auch manch dürres Blatt von der Krone des Baumes unter den teuren Tabak gewandert.‹

»›Und ich,‹ fiel ein früherer Hausirer dem Zimmermanne ins Wort, ›auch ich vergaß den Nußbaum gewiß nicht; denn unter ihm setzte ich meinen Kram immer nieder, wenn er mir die Schultern zusammengepreßt hatte, und in seinem Schatten ruhte ich die todmüden Glieder aus, bevor es ins Dorf ging.‹

»›Ich auch! Wie so manchesmal hab' ich unter der Krone dieses Baumes an heißen Sommertagen gerastet und Erfrischung gefunden,‹ rief der frühere Postbote von Dorbstädt und mit ihm ein Lastträger, der gleichfalls von daher in den Himmel gekommen.

»›Aber,‹ fuhr der letztere fort, ›schon vor mehreren Jahren sind die Nußbäume umgehackt worden.‹

»›Ich sah es,‹ fügte die verklärte Seele des Hannele hinzu, und man hörte ihr an, wie sehr sie dies bedauerte. ›Sie wurden gefällt, als man das Armenhaus abtrug; aber der hohe Sohn Gottes weiß wohl jetzt schon, was er zu erfahren begehrte.‹

»»Nein, nein,‹ versetzte der Heiland. ›Es wäre mir noch lieb, zu erfahren, was aus dem Holz dieser Bäume wurde.‹

»Da erhoben mehrere Selige zugleich die Stimme; denn von den armen Leinewebern aus Dorbstädt waren die meisten der himmlischen Seligkeit würdig befunden worden; Sankt Petrus aber gebot Ruhe und gab demjenigen, welcher zuletzt angekommen war, das Wort.

»»Ich bin,‹ begann dieser, ›der Arzt in jenem Dorfe gewesen und mußte die Erde verlassen, weil auch mich die Seuche hinraffte, von der viele arme Leute dort unten ergriffen worden waren und gegen die ich mit gar schwerer Mühe, doch leider nur mit geringem Erfolg angekämpft hatte. Ueber alles, was Du etwa noch zu wissen wünschest, Herr, kann ich Auskunft erteilen; denn volle fünfundvierzig Jahre hab' ich da meine geringe Kunst den armen Kranken gewidmet. Wie das Hannele – es geschah vor meiner Zeit – in unserem Armenhause starb, war das Elend noch bitterer als jetzt. Die Weber wurden von den großen Händlern übel ausgebeutet, bis ein unternehmender Mann eine Fabrik bei uns baute und ihnen bessere Löhne zahlte. Weil nun die Bevölkerung wuchs und es viele Kranke ringsum gab, denen es an der nötigen Pflege gebrach, genügte das baufällige Armenhaus, in das man auch die Leidenden brachte, nicht mehr, und darum errichtete die Gemeinde Hand in Hand mit dem Fabrikbesitzer ein Hospital für die ganze Gegend, und es kam auf die Stelle des alten Armenhauses zu stehen. Da mußten denn die schönen Nußbäume, die der Engel dort gesät, umgehauen werden. Es that mir wehe genug, dies anordnen zu müssen, doch der Platz, den sie beschatteten, war uns nötig; denn es galt im großen und kleinen zu sparen, und so benützten wir denn auch das Holz der gefällten Bäume und ließen Bretter daraus schneiden.‹

»Hier unterbrach eine Seele den Arzt: ›Ich lag in einem der Betten, die man aus jenem Holze verfertigt. Daheim war eine Schütte Stroh mein Lager gewesen, und wie schlecht ruhte sich's darauf, als das Fieber mich schüttelte. Im Krankenhause, da wurde es anders, und wie ich in das gute Bett kam, fühlt' ich mich schon wie im Himmel.‹

»»Und ich,‹ rief ein breitgeflügelter Engel, ›bin zehn Jahre lang auf den Krücken gegangen, die man aus dem Nußbaum beim Frischbrunnen fertigte, und der alte Konrad drunten bedient sich ihrer noch immer.‹

»›Auch die meinen,‹ fiel ein anderer ein, ›waren von diesem Holze. Ich hatte lange darniedergelegen, an ihnen aber lernte ich wieder gehen und vor dem Webstuhle stehen, und so wurde es mir wieder möglich, den Meinen Brot zu erwerben. Dem da, der aus Hochdorf stammt, ist es ebenso ergangen, und der Stelzfuß des Chausseeeinnehmers Wilhelm, der kurz vor mir hier Aufnahme fand, war auch von dem Nußholz.‹

»›Ich hab' ihm in anderer Weise zu danken,‹ sagte ein schöner Engel, indem er das gekrönte Haupt tief vor dem Sohne Gottes neigte. ›Mein Los da unten ist ein gar schweres gewesen; denn ich wurde früh zur Witwe, und ganz allein mit meiner Hände Arbeit zog ich die Kinder heran. Ich brachte sie auch bei hartem Schaffen gut in die Höhe, und aus meinem kleinen Kleeblatt sind rechtschaffene, tüchtige Männer geworden, die auf sich selbst und die Mutter etwas hielten. Aber alle drei, mein Herr, – da schweben sie – entriß mir der unerforschliche Ratschluß des himmlischen Vaters. Zwei fielen im Kriege, und der letzte kam bei der Arbeit durch die Maschine ums Leben. Das brach mir die Kraft, und wie sie mich ins Krankenhaus brachten, war ich der Verzweiflung nahe, und das Leben drückte mich wie eine grausame Last. Da war eben Dein Bild, mein Erlöser, fertig geworden, das ein Bildhauer aus dem Holz eines der Nußbäume am Frischquell geschnitzt, und sie befestigten es meinem Bett gegenüber. Es zeigte Dich, mein Herr, am Kreuze, und Dein schmerzlich geneigtes Haupt mit der Dornenkrone bot einen gar beweglichen Anblick. Dennoch achtete ich seiner nur wenig; eines Morgens aber – es war gerade am Sterbetag meiner beiden Jungen, die neben einander als wackere Verteidiger des Vaterlandes das blühende Leben gelassen – an jenem Morgen streifte die Sonne Dein bekümmertes Antlitz und Deine blutenden Hände, die die gräßlichen Nägel durchbohrten, und da kam mir in den Sinn, wie schwer Du unschuldig gelitten, um uns zu erlösen, und was es Deine Mutter gekostet haben muß, ein solches Kind so zu verlieren. Da frug mich eine Stimme, ob ich denn ein Recht habe, zu klagen, wenn der eigene Sohn des Herrgotts so große Qualen freiwillig auf sich genommen, und der erhabensten der Frauen so furchtbares Leid beschieden gewesen. – Ich mußte das verneinen und nahm mir vor, geduldig zu tragen, was mir, einem armen, sündigen Weiblein, auferlegt worden. Von da an ist mir Dein Bildnis, o Herr, ein rechter Tröster geworden, und weil sein Holz ja von dem Baume am Frischbrunnen kam, den das Hannele gesät, dank' ich die besseren Jahre, die dann kamen, und wohl auch die Freuden in Deinem Paradiese, mein Heiland, doch gewiß den Nüssen, die das verdammte Weib dort dem Kinde schenkte.‹ Demütig verneigte sie sich wieder; der Sohn Gottes aber wandte sich dem Apostel zu und fragte: ›Nun, Petre?‹

»Da rief dieser den Wächtern der Hölle zu: ›Gebet sie frei, – das Himmelsthor steht ihr offen. Wie reich und mannigfaltig, Herr, ist doch die Frucht, die aus der kleinsten Gabe erwächst, wenn sie nur rechte Liebe spendet.‹

»›Du sagst es,‹ erwiderte der Heiland und wandte ihm freundlich den Rücken.

Der Oberst hatte länger gesprochen, als der Arzt es ihm gestattet, und bedurfte der Ruhe; als er aber zum Abendbrot wieder erschien, um die Weihnachtskarpfen mit uns zu verspeisen, sah er den kleinen Hermy mit Karl und Kurt zusammen am Kamin stehen, und dabei nahm er wahr, wie sein Liebling die Augen mit warmem Entzücken auf den für die Großmama bestimmten Nüssen ruhen ließ, und wie die Knaben, die das Brüderchen sonst nur zu gerne neckten, den Kleinen mit solcher Zärtlichkeit umgaben, als ob sie etwas an ihm gut zu machen hätten. Bei Tisch hörten wir, wie Kurt dem Karl sagte. »Das Hermychen hat mit dem Geschenk an die Großmama doch etwas Hübsches getroffen,« und wie der Karl eifrig entgegnete: »Ich hebe mir morgen von meinen Nüssen einige auf und pflanze sie im Frühling.«

»Um eine Krücke für mich daraus zu machen oder um in den Himmel zu kommen?« frug der Oberst.

Da errötete der Junge und wußte keine Antwort zu finden; ich aber trat für ihn ein und versetzte: »Nein, seine Bäume sollen uns alle an Sie erinnern, Herr Oberst, und an Ihre Geschichte. Wenn wir geben, wollen wir es im Gedanken an Sie nur mit rechter Liebe thun, und wenn wir nehmen, auch bei der kleinsten Gabe nur fragen, wie sie gemeint ist.«

Das Elixir.

Jeder Leipziger kennt wohl das hohe Giebelhaus in der Katharinenstraße, das ich meine. Es steht nicht weit vom Markte, und dem
Schreiber dieser wahrhaftigen Geschichte ist es besonders wert, weil
es schon seit langer Zeit seiner Sippe eignet. Es haben sich darin
auch absonderliche Dinge begeben, wohl wert, sie der Vergessen-
heit zu entziehen, und nun sie mich des Amtes entsetzet, weil ich
mich genötigt sah, denjenigen unumwunden die Wahrheit zu zeigen, die sie zu verdunkeln trachteten, erfreue ich mich der nötigen
Muße, den kommenden Geschlechtern der *Ueberhell* des Näheren zu
berichten, was mir von ihrem Ahnherrn und dessen wunderbarem
Leben und Thun durch meine Frau Großmutter und andere gute
Leute bekannt ward.

So beginne denn hier meine Erzählung.

Von altersher ward das besagte Haus »zu den heiligen drei Königen« benamst; früher aber hatte es sich durch nichts von den anderen Gebäuden der Straße unterschieden als durch das Schild der
Hofapotheke im unteren Stockwerk, das über der Gewölbethür
angebracht gewesen war und die heiligen drei Patrone der Offizin:
Kaspar, Melchior und Balthasar, in hellen Farben und schöner Ver-
goldung darstellte.

Obwohl nun selbiges Haus in der Katharinenstraße fortfuhr, »zu
den heiligen drei Königen« genannt zu werden, war doch bald nach
dem Ableben des alten *Kaspar Ueberhell* das Schild entfernt worden,
die Apotheke eingegangen, und diese nebst dem Hause hatte mancherlei betroffen, das dem gemeinen Lauf der Dinge und dem Gefallen ehrbarer Bürger zuwider.

Es hatte schon des Geredes überviel gegeben, als noch bei Lebzeiten des alten Hofapothekers dessen einziger Sohn Melchior das
Vaterhaus und Leipzig verlassen und nicht nur auf etliche Jahre
nach Prag, Paris oder Italien gezogen war wie andere Söhne wohl-
behaltener Eltern, wenn sie es in den Wissenschaften zu etwas
Rechtem bringen wollen, sondern – so wollte es scheinen – auf den
Nimmerwiedersehenstag.

In der Klosterschule und als Lehrling war Melchior einer der begnadigtsten und bestbeleumdeten gewesen, und mancher Vater, dessen Sohn an ausgelassenen und gottlosen Streichen sträfliches Wohlgefallen fand, hatte dem alten Ueberhell mit stillem Neid Glück gewünscht, in seinem einzigen Sohn und Erben ein so ausbündig wohlbegabtes, arbeitsames und züchtiges Kleinod zu besitzen. Später aber hätte kein Familienhaupt seinen ruchlosen Galgenstrick gegen das vielgepriesene Hofapothekerskind umgetauscht; denn auch ein schlimmer Sohn gefällt den meisten Vätern besser als keiner.

Der Melchior nämlich kehrte und kehrte nicht heim, und daß dies dem Alten am Herzen fraß, ja daß er sich darüber vorzeitig zu Tode härmte, war nicht zu bezweifeln; denn der stattliche Hofapotheker, dessen strotzendes Antlitz noch drei Jahre nach dem Ausbruch des Sohnes rund und strahlend gewesen war wie die Sonne, nahm von einem Dreikönigstag zum andern ab an Fülle und Glanz, bis es zuletzt fahl und gelblich aussah gleich dem blassen Halbmond, und die einst so vollen Wangen ihm wie leere Säcklein auf die Halskrause fielen. Auch mied er mehr und mehr die Rats-Trinkstube im Wagegebäude, wo er sonst gern die Abende mit anderen ehrbaren Bürgern verbrachte, und nannte sich bisweilen »einen einsamen Mann«.

Zuletzt hielt er sich völlig daheim, vielleicht weil sein Antlitz und was weiß in den Augen gewesen, sich so goldig gefärbt hatte wie der Safran in der Apotheke. Dort ließ er indes den Provisor Schimmel mit dem Gehilfen schalten, so daß, wer ihm nicht zu begegnen wünschte, ihn ebendaselbst aufsuchen mußte.

Als er dann endlich im fünfundsechzigsten Jahre seines Alters die Augen schloß, sagten die Aerzte, es sei seiner Leber und Galle, von denen so Kummer wie Groll ausgehen, allzu hart mitgespielt worden.

Freilich hatte keiner ein Wort der Klage wegen des Sohnes von seinen Lippen vernommen, ja es stand fest, daß er bis zuletzt über dessen Aufenthalt wohl unterrichtet gewesen; denn wenn man ihn darnach gefragt, hatte er anfänglich versetzt: »Er liegt zu Paris dem Studium ob,« und dann: »In Padua scheint er gefunden zu haben, wonach er sucht;« in der letzten Zeit aber: »Bald denk' ich, daß er aus Bologna zurückkehrt.«

Dabei war es aufgefallen, daß er, statt bei solchen Fragen dem Unmut Luft zu machen, mit einem zufriedenen Schmunzeln erst das volle und später das hagere Kinn gestrichen hatte – und wer da der Meinung gewesen, der Hofapotheker werde dem flüchtigen Sohne das Erbe schmälern, der sollte bald eines Besseren belehrt werden; denn der Alte hatte dem Melchior in einem zierlichen Testamente seinen ganzen reichen Besitz hinterlassen und nur der Witwe Vorkelin, die ihm seit dem Heimgang seiner Ehefrau eine treue Haushälterin gewesen, sowie dem Provisor Schimmel für den Fall, daß die Apotheke aufgegeben werden sollte, ein Jahrgeld verschrieben, das ihnen bis an ihr seliges Ende auszuzahlen war. Seiner lieben Frau Schwiegertochter, des gelehrten Doktor Vitali in Bologna preiswürdigen Tochter, hatte der Alte den gesamten Schmuck seiner seligen Hälfte, sowie das Silberzeug und Linnen des Hauses mit gar beweglichen Liebesworten verehrt.

Das alles bot den Herren vom Rat, den Verwandten und Gevattern nebst deren Ehefrauen und weiblichem Anhang keine geringe Ueberraschung, und was für viele und besonders für etliche Mütter dem Faß den Boden ausschlug, das war, daß der Sohn und letzte Erbe eines ehrbaren und begüterten Geschlechtes eine Fremde, eine leichtfertige Welschländerin, und noch dazu ohne daß ihnen davon eine Mitteilung geworden, heimgeführt hatte.

Bei dem Testamente fand man auch einen Brief des Verstorbenen an sein einziges Kind und einen andern an den ehrbaren Rat, worin selbiger ersucht wurde, seinen Sohn Melchior Ueberhell von seinem Ableben zu unterrichten und ihn, falls er heimkehre, mit Gunst und Billigkeit in die Rechte einzusetzen, die ihm als Erben eines Leipziger Bürgers und als einem zu Padua graduirten Doktor gebührten.

Diese Schreiben gingen mit dem ersten Boten, der gen Süden abritt, über die Alpen, und daß sie in die Hand des Melchior gelangt waren, das sollten die neuen Ueberraschungen lehren, die sein Antwortschreiben enthielt.

Er beauftragte darin den wackeren Notarius Anselmus Winkler, der sein liebster Schulgenosse gewesen, die Apotheke aufzulösen, und was sie an Gerät enthalte, unter der Hand zu verkaufen. Nur von jeder Drogue sollte ein kleiner Teil für seinen eigenen Gebrauch zurückbehalten werden. Den hohen Rat ersuchte er in wohlgesetzten Worten, dem italienischen Baumeister Olivotti, der sich ihm bald vorstellen werde, zu gestatten, das alte Haus zu den drei Königen nach dem Riß, den er mit ihm zu Bologna vereinbart, von Grund aus umzugestalten. Die der Straße zugewandte Seite werde der Neubau nicht zur Unzier gereichen, die Einrichtung des Innern denke er aber gemäß dem eigenen Geschmack und Bedarf nach freiem Ermessen herzustellen.

Diese Verlangen mußten dem Rate billig erscheinen, und da der italienische Baumeister, der wenige Wochen später in Leipzig eintraf, einen Bauriß vorlegte, der die Vorderseite eines Bürgerhauses mit einem stattlichen Giebel zeigte, der sich in fünf Stufen nach oben zuspitzte und auf dem Gipfel die Bildsäule der gewappneten Göttin Minerva trug, zu deren Füßen die Eule hockte, konnte sich kein Einwand gegen solche Zierde der Stadt erheben, wenn gleich einige geistliche Herren ihr Mißfallen über die Verdrängung der hilfreichen Heiligen durch eine Göttin der blinden Heiden und über den mittleren Schornstein nicht zurückhalten mochten, der an Höhe sich mit den Kirchtürmen zu wetteifern vermaß.

Indessen wurde der Umbau ungehindert ins Werk gesetzt, und bevor man noch die alte Front niedergerissen hatte, war die Apotheke geschlossen worden.

Der grauköpfige Provisor Schimmel hatte die Witwe Vorkelin, die dem alten Herrn Ueberhell die Wirtschaft geführt, in die Ehe genommen. Sie hätten den Basen und Gevattern mancherlei erzählen können, doch er sprach überhaupt nichts, und ihr war das Stillschweigen so fest auf die Seele gebunden worden, und dazu hatte sie vor dem Ende des Alten so beängstigende Erfahrungen gemacht, daß sie die neugierigen Frager in einer Weise abfertigte, die ihnen das Wiederkommen versalzte.

Den Melchior, den sie auf den Armen getragen, hatte sie lieb gehabt wie ein eigenes Kind; aber sie war ihm doch gram geworden, als sie sehen mußte, wie sein vereinsamter Vater, der vormals die guten Bissen, die sie zu bereiten verstand, wohl gewürdigt, immer weniger auf Speise und Trank hielt und auch von der Sorgfalt abließ, die er sonst auf den äußeren Menschen verwandt. Auch während er anfangs immer noch dann und wann etliche Freunde zu Gaste geladen, die ihre Kochkunst lobten, zog er keinen mehr in sein wohlbestelltes Haus, seitdem auch sein Gevatter und Kollege Blumentrost von der Mohrenapotheke, der Melchiors Lehrherr gewesen, das Zeitliche gesegnet.

Diesen Rückgang des stattlichen und gastfreien Mannes verursachte sicherlich das Ausbleiben des Sohnes, jedoch in anderer Weise, als die Leute wähnten; denn wohl hatte der Alte sich nach dem einzigen Kinde gesehnt, doch war er weit entfernt gewesen, ihm zu grollen, und die Vorkelin wußte sogar, daß der Vater selbst dem Sohne widerraten, zurückzukehren, bevor er das große Ziel erreicht habe, dem er auf welschem Boden mit rastlosem Eifer entgegenstrebte.

Es war ihr auch bekannt, daß Melchior dem Alten in jedem Briefe genaue Auskunft gab, wie weit er gekommen, und wenn ihr Herr die Apotheke zuletzt dem Provisor überlassen hatte, so war es nur geschehen, weil er sich im ersten Stock eine eigene Küche errichtet, in der er – stets nach der Anleitung, die er in den Briefen des Sohnes fand – von früh bis spät mit Tiegeln und Glasblasen, Kesseln und Röhren vor dem Feuer hantirte. Doch die Wirtschafterin sah, daß trotz alledem die Sehnsucht dem Alten das Herz zerfraß, und wäre sie der Kunst des Schreibens mächtig gewesen, hätte sie Melchior kund gethan, wie es stand, und ihn nach Leipzig gerufen. Aber das alles, sagte sie sich in stillen Stunden, hätte selbiger auch ohne sie wissen müssen, und deshalb nötigte sie sich, ihm, so gut es gehen wollte, weiter zu grollen.

So vergingen Jahre, und doch war der Mißmut in alle Winde verflogen, als »der Reitende« ein Röllchen aus Welschland gebracht und der Herr sie bald darauf in die Küche gerufen hatte.

Da war denn die verdorrte alte Liebe auch schnell genug wieder ins Knospentreiben und Blütenöffnen geraten, und was ihr dort zu Gesicht gekommen, war freilich etwas Besonderes gewesen; denn der Hofapotheker hatte ihr in den säuberlich gewaschenen Händen ein graues Blatt entgegengehalten, worauf das mit Rotstift gar zierlich vollbrachte Bildnis einer lieblichen jungen Frauensperson mit einem holdseligen Knäblein auf dem Schoß zu sehen gewesen. Dann hatte er ihr gegen jedermann zu schweigen geboten und ihr vertraut, dies Weiblein sondergleichen sei das junge Ehegemahl seines Sohnes, und das Knäblein ihr erstgeborenes Kind und sein Stammhalter und Enkel. Er habe dem Melchior die Tochter seines Meisters zu Bologna heimzuführen gestattet, und nun sei er, der alte Kaspar Ueberhell, ein glückseliger Mann, und wenn der junge Herr Doktor ihm Weib und Kind zuführen und dazu das mitbringen werde, wonach er so treulich suche und trachte, dann wolle er den Kaiser auf seinem Thron nimmer beneiden. Wie dann die Vorkelin die Thränen bemerkte, so dem Herrn strömlings über die eingefallenen Wangen flossen, waren auch ihr die Augen übergelaufen, und später hatte sie sich oft genug an die Truhe geschlichen, wo das Bildnis verwahrt wurde, um das Knäblein anzuschauen und die Lippen auf dieselbe Stelle zu drücken, auf der die des Großvaters bereits etliches von dem Rotstift verwischet.

Aber so groß die *Freude* des Herr Ueberhell auch gewesen war, die *Sehnsucht* mußte ihn doch noch tiefer ergriffen haben; denn es war schnell und schneller mit ihm bergab gegangen, ohne daß die Vorkelin ihn hätte bewegen können, einen Arzt zu berufen. Nur an dem Trank, den er, mit den Briefen des Sohnes vor sich, in der Küche bereitet, hatte er bisweilen recht herzhaft gerochen, und wenn es ihm dennoch nicht wohler geworden war, hatte er ihn nur umgekocht und mit neuen Stoffen vermischt.

Eines Abends – er war den ganzen Tag in der Küche thätig gewesen – hatte er sich noch früher als sonst zur Ruhe begeben; wie aber die Vorkelin bei ihm eintrat, um ihm den Nachttrank zu reichen, hatte er seiner allezeit gütigen und höfischen Art völlig vergessen und sie unwirsch angefahren: »Wie lange bereitet sie mir nun schon das Lager, und doch bringt sie mich in Gefahr, das Gebein zu versengen. Das kommt davon, daß sie, so kurz auch ihr Verstand ist, nur zu gern auf Allotria sinnet.«

Dergleichen hatte sie nimmer aus dem Munde des freundlichen Mannes vernommen, und wie ihr vor Schreck das Brettlein in der Hand zu schwanken begann, also daß ihr ein Teil des Würzweines über den Rock lief, fuhr er ärgerlich fort: »Wo ihr die alten Gedanken nur sind! Da vergißt sie erst, die brühheiße Wärmflasche aus dem Bett zu nehmen, und nun gießt sie die Gans auch das gute Getränk auf den Boden!«

Aber weiter war er nicht gekommen; denn während Frau Vorkelin das Brett auf das Tischlein stellte, um die feuchten Augen mit der Schürze zu trocknen, hatte er, ganz entgegen seiner züchtigen Weise, die Füße aus dem Bett geschnellt und mit leuchtenden Augen gerufen: »Hat sie die Worte vernommen, so mir von den Lippen geflossen?«

Da war die Witwe verschämt zurückgetreten und hatte schluchzend erwidert: »Wie sollt' ich wohl nicht? Und wenn Ihr es über Euch bringt, eine schutzlose Witwe, obgleich sie Euch lange getreulich gedienet, also zu schmähen . . .«

»Ich that es, ich hab' es gethan!« unterbrach sie der Alte, und die Augen leuchteten dabei in so freudigem Stolz, als sei ihm eine große Heldenthat bestens gelungen. »Die ›Gans‹ ist mir leid, und was den kurzen Verstand angeht, so mißt er doch immerhin etliche Spannen; doch – daß sie's weiß: brav ist sie und treu und versteht ihre Sache, und wenn sie mir so gut ist, wie ich ihr allezeit gewesen . . .«

»Ach, Herr –« fiel ihm hier die Wittib abermals ins Wort und bedeckte das Antlitz verschämt mit der Schürze; er aber ließ sie nicht ausreden und fuhr, so groß war seine Bewegung, mit heiserer Stimme fort: »Gut muß sie mir sein, Vorkelin, nach so vielen Jahren, und wenn es an dem ist, so nehmet dies Fläschlein und riechet recht herzhaft hinein, und wenn Ihr' s gethan habt, so laßt mich Euch etliches fragen.«

Da hatt' es denn anfangs ein langes Sträuben gegeben; endlich aber war die Haushälterin dem Herrn zu Willen gewesen, und während sie noch die Nase mit dem Aether sättigte, der der Phiole entstieg, fragte der Hofapotheker sie hastig: »Meint sie, ich hätte allezeit wie ein Mann gehandelt, der auf sein und seines Hauses Wohl weislich bedacht ist?«

Nun aber ging in der Vorkelin etwas Seltsames vor; denn sie stemmte ganz unehrerbietig, wie sie es sonst nur that, wenn sie die Magd oder den Markthelfer schalt, die Fäuste auf die Hüften und rief, nachdem sie laut und fast spöttisch gekichert: »O nein! Ihr habt zwar einen weiten Sack voll nutzbaren und unnützen Wissenskram mir Alten voraus, – aber ich zähle ja noch gar nicht recht zu den Alten; – doch trotz der ›Gans‹ und meines ›kurzen Verstandes‹ bin ich allezeit klüger gewesen denn Ihr und habe besser gewußt, wo

Barthel den Most holt. Mein! Läßt sich wohl etwas Törichteres denken als den Vater des allerbesten Sohnes, der allein sitzt und sich braun und klapperdürr, ja aus einem stattlichen Mannsbild bis zur Vogelscheuche abhärmt, obzwar es ihn nur ein Wort kostete, um das einzige Kind zurückzubekommen und sich mit ihm, seinem Weib und dem süßesten Enkelkind des Daseins zu freuen? Wenn das keine blöde Narretei ist, kein Frevel und Unrecht wider die eigene Person ...«

Hier hielt sie inne; denn der sonst so ehrbare Mann stand im Nachthemd und barfuß vor ihr und lachte so hell und laut und fröhlich und schlug sich dabei so toll und wild bald auf den eingefallenen Leib, bald auf die hageren Stöcklein, die das leichte Gewicht seines Körpers trugen, daß die sittsame Wittib, der dazu die kühne Rede, die ihr, sie wußte selbst nicht wie, über die Lippen gekommen, aufs Herz fiel, sich schwer entsetzte. Sie schickte sich auch an, nach entschuldigenden Worten zu suchen; doch war sie derselben mit nichten bedürftig, denn der Hofapotheker rief ein »Herrlich!« und »Prächtig!« und »Alle lieben Heiligen seien gelobt, wir haben's gefunden!« hinter einander, und bevor die ehrbare Frau sich dessen versah, hatte der graue sieche Mann sie herzhaft auf beide Wangen geküßt. Dann aber war es der wonnesamen Bewegung zu viel geworden, und leise stöhnend hatte er sich auf den Rand des Bettes niederlassen müssen und dort gar bitterlich geschluchzet.

Da war die Vorkelin ängstlich geworden; denn sie mußte billig vermuten, der Verstand ihres guten Herrn habe gelitten; doch wurde sie bald eines Bessern belehrt; denn nachdem er sich rechtschaffen ausgeweinet, hatte Herr Ueberhell ungesäumt eine Probe der wiederkehrenden Gesundheit und der alten Verständigkeit gegeben, indem er sie so gütig und höfisch wie in früheren Tagen ersuchte, ihm eine Flasche vom besten alten Bacharacher in die Küche zu stellen.

Dort hatte er ihr geboten, zu dem einen Becher einen zweiten zu stellen und sie aufgefordert, mit ihm zu trinken und anzustoßen, maßen ihm heute das höchste Glück widerfahren, das einem Menschenkinde die Gnade der lieben Heiligen zu gewähren vermöge. Er, der Vater, habe in Leipzig gefunden, wonach der Sohn auf den hohen Schulen Welschlands vergeblich geforschet, und wenn noch ein weiterer Schritt gelinge, werde der Ruhm des Ueberhells wie weiland der des Römers Horatius den Himmel erreichen.

Dann war er ernster geworden und hatte eingestanden, daß er sich doch recht matt und gebrochen fühle, und als er sich heute zeitig zur Ruhe begeben, schon gewähnt habe, das letzte Stündlein sei ihm nicht fern. Zwischen Lipp' und Kelchesrand schwebe bisweilen der Tod. Solches sei schon den heidnischen Weisen bewußt gewesen, und wenn er abgerufen werde, bevor er den Melchior wiedergesehen, dann möge sie sein Bote sein und ihm künden, daß er den Teil des weißen Löwen, der weißen Tinktur, des argentum potabile oder trinkbaren Silbers gefunden, auf dessen Spur ihn des Sohnes Briefe geleitet. Der wisse schon, was er meine, und morgen werde er ihm auch das Nötige schreiben, wenn es ihm in dieser Nacht gelinge, den Stoff wiederzufinden, durch den er am heutigen Nachmittag zu dem größten Wunder gelangt sei, so die Wissenschaft seit Adam erzeuget.

Dabei hatte er ein Glas nach dem andern geleeret und wohl ein dutzendmal mit der Vorkelin angestoßen, der solche seltene Huld so gut that, als streichle man sie mit dem weichesten Sammet.

Hienach war er ihr näher getreten, um ihr einzuschärfen, was sie dem Melchior mitzuteilen habe. Zwar, hatte er begonnen, könne sie nie und nimmer die volle Bedeutung des Geschehenen begreifen, doch dürfe sie ihm glauben, daß er zum Entdecker eines Elixires geworden, dessen Wirkung eine ausbündige und bestimmt sei, die ganze Welt in neue Bahnen zu lenken. Von nun an sei die Lüge von der Menschheit genommen, die Herrschaft der Wahrheit werde beginnen, und die Arglist habe die Schlupfwinkel verloren.

Wie sie aber darauf, immer noch zagend, vor ihm zurückgetreten war, hatte er sie feierlich gefragt, ob sie je, wenn sie nicht an der Phiole gerochen hätte, sich erkühnt haben würde, ihm, ihrem langjährigen Herrn, so unumwunden zu vermelden, was sie von ihm hielt, wie sie es vor einer Stunde gethan.

Da war der Vorkelin aufgegangen, daß sie eine geheimnisvolle Macht zu so unehrerbietiger Rede gezwungen, und sie hatte mit frommer Scheu bald auf den Herrn, bald auf die Phiole geblickt und dann jäh hervorgestoßen: »Mein, mein! Was werden die Schöppen noch fürder zu thun haben, wenn man jedwedes arme Sünderlein zwingen kann, sich selbst zu verraten und das letzte Blatt vom Munde zu nehmen? Mein, mein! Da wird man wohl schöne Dinge zu hören bekommen! Vom regierenden Herrn Burgermeister an wird Mann und Weib sich neue Ohren anschaffen mögen in Leipzig, maßen es ungehobelt und gröblich zugehen wird wie bei den wilden Kaschuben.«

Selbige Rede hatte dem Hofapotheker bewiesen, daß die Vorkelin trotz ihres kurzen Verstandes einigermaßen begriffen, was seine Entdeckung bedeute, und weil ihn solches zwar freute, von der andern Seite aber doch in etliche Unruhe versetzte, hatte er sie auf das Kruzifix schwören lassen, bis an ihr seliges Ende keinem, wem es auch sei, mit einziger Ausnahme seines Sohnes, kund zu thun, was sie an diesem Abend erfahren.

Dann war er an die Arbeit gegangen, um den Stoff wiederzufinden, der dem Elixir seines Sohnes die Kraft verlieh, die sich so wunderbar bewähret; doch hatte er nicht den rechten zu finden vermocht; denn so oft er die Vorkelin gerufen, um sie an dem neuen Gemisch riechen zu lassen, hatte sie auf seine verfänglichen Fragen so ziemliche und gewundene Antworten erteilt, daß er keineswegs an ihre volle Aufrichtigkeit zu glauben vermochte. Auch war es mit dem Schaffen nur langsam gegangen, weil er sich am Mittag mit dem Glas eines zersprungenen Kolben tief in die Finger geschnitten. So hatte er denn eine Pause gemacht, und weil es ihn gelüstet, bevor er fortfuhr, das Vermögen des Elixirs noch einmal zu erproben, war er in die Vorkelin gedrungen, das Fläschlein in die Hand zu nehmen, um abermals in sein Inneres hinein zu riechen.

Mit heiterem Schmunzeln hatte er sodann die Frage an sie gerichtet, ob ihr die Wolle, deren sie so reichlich bedürfe, zu nichts anderem diene, als um ihm die Strümpfe zu stricken.

Da hatte die Phiole in der Hand der Haushälterin gezittert, und es war ihr, ohne daß sie es hätte hindern können, von den Lippen geflossen: »Ihr habt ja an Strümpfen so viel Ihr nur brauchet, Herr, und es ist wohl kaum sündhaft, daß ich etliches verstricket, um dem Provisor, dem armen, stillen Wurm, das den ganzen Tag drunten im kalten Gewölbe steht, die Füße zu wärmen.«

Wie aber Herr Ueberhell trotz dieser Antwort nur lachte, das Inquisitorium munter fortsetzte und noch zu wissen begehrte, wer wohl dem Herzen der Wirtschafterin näher stehe, der Provisor oder ihr seliger Eheherr, da war die Antwort erfolgt: »Was hab' ich viel nach dem Vorkel, dem alten Händelsucher, gefragt, der nicht einmal einen rechtschaffenen Rock zusammenzuschneidern vermochte und dazu den Kunden das Tuch stahl?« – und zu gleicher Zeit hatte sich ein verhängnisvolles Klirren am Fußboden erhoben; denn die Phiole war der geängstigten Frau aus der Hand gefallen, und ein kräftiger Wohlgeruch hatte die Werkstätte erfüllt.

Was dann erfolgt war, daran konnte sich die Vorkelin noch in späten Jahren nur mit Grauen erinnern; denn wie hatte es geschehen können, daß dem freundlichen Mund des höfischen und frommen Hofapothekers so gräßliche Schimpf- und Scheltworte, so gotteslästerliche Flüche und Verwünschungen entsprudelt waren, und weniger noch schien es ihr später begreiflich, daß sie, eine ehrbare, sittige Frau und guter Leipziger Leute Kind, sich jemals hatte fortreißen lassen, einen Menschen, und noch dazu ihren grundguten Herrn, mit so ruch- und schamlosen Schmähreden zu überfallen.

Aber er wie sie waren schuldlos au solchem sträflichen Unfug gewesen; denn der starke Duft des Elixirs hatte sie gezwungen, den ganzen Verdruß, der sie erfüllte, offen und ohne jenes Mäntelein, das in Leipzig wie anderwärts auch der garstigsten Wahrheit ein gewinnendes Ansehen verleiht, von innen nach außen zu kehren.

Wenn sie später der zerschlagenen Phiole gedachte, so sagte sie sich im stillen trotz ihres kurzen Verstandes, daß dies Mißgeschick sich vielleicht dennoch zu ihrem und der gesamten Christenheit Heil zugetragen hatte. Ihrem wackeren Herrn wenigstens war das Wahrheitselixir nur zu bald verhängnisvoll geworden; denn leider hatten die heftigen Erregungen dieser Nacht ihn so gewaltig erschüttert, daß, bevor es noch tagte, sein schwaches Lebenslichtlein erloschen war.

Regungslos hatte die Vorkelin ihn am nächsten Morgen in der Küche gefunden, wohin er, nachdem sie ihn zur Ruhe gebracht, zurückgekehrt war, um noch einmal nach dem vergessenen Stoffe zu suchen. Bevor er aber an die Arbeit gegangen, hatte er sich wohl an dem Bildnis des Enkels zu stärken gewünscht; denn wie sie die

33

Küchenthür geöffnet, war das Blättlein mit der Rotstiftzeichnung aus der offenen Truhe, neben der ihr Herr zusammengesunken, davongeflattert und hatte sich ihm wie ein Schmetterling gerade an der Stelle des Herzens, das wohl schon vor etlichen Stunden den letzten Schlag gethan, auf die Brust niedergelassen.

Ein halbes Jahr nach dem Hingang des Hofapothekers kehrte Melchior Ueberhell heim, und die Vorkelin, die nunmehr nach ihrem neuen Eheherrn, dem Provisor, Frau Schimmelin hieß, war die einzige, die benachrichtigt wurde, zu welcher Stunde er in Leipzig einziehen werde.

Der junge Doktor hatte ihr solches in einem Brief vermeldet und sie beauftragt, Sorge zu tragen, daß ihn und die Seinen bei der Ankunft in dem neu hergestellten Hause ein Knecht, eine Küchenmagd und Feuer auf dem Herde erwarte. Sodann ersuchte er seine »vielgetreue Alte«, das Dreieck von Messing, das der Bote ihr übergeben werde, derartig vor den Herd in der Küche des ersten Stockes zu nageln, daß die Zahlen und Tierbilder, die es auf einer Seite bedeckten, zu sehen blieben.

Das alles hielt die Schimmelin in der regsten Bewegung, und zur bestimmten Zeit stand im Ueberhellschen Hause alles zum Empfang der künftigen Insassen bereit.

Doktor Melchior hatte mit den Seinen den Untergang der Sonne in Connewitz abgewartet, um vor dem Schluß der Thore und doch nicht bei hellem Tag die Vaterstadt zu betreten; denn es widerstand seiner stillen Art, sich und sein schönes Weib, das samt dem Kinde in einer von Maultieren getragenen Sänfte den Weg gen Norden zurückgelegt hatte, neugierigen Blicken auszusetzen. Da die Ostermesse gerade abgehalten wurde, die viele Fremde nach Leipzig zog, kamen die Heimkehrenden auch, ohne Aufsehen zu erregen, durch die Petersstraße, über den Markt und in ihr schmuck erneuertes Haus.

Zwar verbarg das Dunkel schon die stolze Minerva auf der Spitze des hohen Giebels und die Sonnenuhr mit dem Tierkreis zwischen seinen zweiten und dritten Stufen, aber die erleuchteten Fenster auf dem Flur und im ersten Stock gewährten doch einen freundlichen Anblick.

Die Schimmelin, die die Ankömmlinge schon lange erwartet, trat ihnen entgegen, und der neue Knecht hielt die Latern, auf daß man ihre tiefen Reverenzen nicht übersehe.

Wie die Alte endlich den Heimgekehrten ein herzliches: »Die lieben Heiligen mögen euren Einzug segnen!« zurief, da schnürte sich dem gelehrten Doktor der Hals zusammen. Blitzschnell schoß eine Reihe von süßen Erinnerungen aus der Zeit, in der ihm die liebe Mutter die Händchen gefaltet, um mit ihm zu den heiligen Patronen des Hauses zu beten, durch die Seele, die Stunde, in der er die Trauerpost vom Hingang des Vaters erhalten, flog ihm durch den Sinn, und erstaunt und befremdet fühlte er – zum erstenmal seit langen Jahren – warmes Naß sich über die Wangen rinnen, und bevor er sich selbst dessen versah, hatte er die Schimmelin ans Herz gezogen und sie rechtschaffen geküßt.

Dann wandte er sich schnell der schlanken jungen Frau zu, die mit dem Knaben hinter ihm stand, und wies sie der Alten mit dem frohen Rufe: »Die besten Schätze, die ich in Welschland erwarb; ich empfehle sie Deiner Liebe!«

Während sodann die Schimmelin die zarte Hand der schönen Welschen an die Lippen zog und das Knäblein hoch hob, um es zu herzen, eilte Melchior raschen Schrittes der Hausthüre zu, verneigte sich dreimal und hob dann die Hände mit feierlicher Würde dem Abendstern entgegen, der sich eben hart über einem Hausdach am Markte den Blicken zeigte.

Die Alte bemerkte dies wohl, und es gefiel ihrem Herzen; denn sie meinte, der Melchior sage den Heiligen Dank für gnädige Führung. Wie er aber die Lippen öffnete und einen Spruch in die Höhe rief, erschrak sie; denn das war kein Deutsch, und auch das Latein, dessen Klang ihr von der Messe her vertraut war, hörte sich anders an. Er bestand vielmehr aus lauter wunderlichen Worten, wie sie sie wohl von dem verstorbenen Herrn vernommen, wenn er, mit den Briefen des Sohnes neben sich, in der Küche die Hände gerühret. Ein guter christlicher Segen war es gewiß nicht, und das fiel ihr schwer auf die Seele. Als der Doktor aber fertig war mit der Beschwörung, die vielleicht böse Geister bannen sollte, und mit Weib und Kind die Schwelle übertrat, da schlug sie ihm, ohne sich lang zu bedenken, ein Kreuz auf die Brust und dem Kind ein anderes auf den lockigen Scheitel; er aber ließ es lächelnd geschehen, und bald darauf saßen die Heimgekehrten am säuberlich gedeckten Tische, und die Schimmelin hatte ihre Freude, wie dem Melchior die Kost der Heimat und dem kleinen Zeno – denn so hieß der Enkel des

Hofapothekers – die gute Milch und die Stolle mundete, die sie zum Empfang der Heimgekehrten gebacken.

Nur die junge Frau kostete kaum von den Speisen.

Ob sie ihr nicht schmeckten? Vielleicht nährte man sich in Welschland mit anderen Speisen, und: »andere Völker, andere Sitten«.

Und wer hätte diesem holdseligen Geschöpfe wohl gram sein mögen?

Ein Gleiches meinte die Schimmelin nimmer gesehen zu haben, und es fiel ihr sauer, den Blick von ihr zu wenden. Aber es zog ihr doch wie leises Bangen durchs Herz, wenn sie das Weib ihres Lieblings betrachtete, und sie wußte nicht, wie es kam, aber auf einmal war es ihr, die sich noch nie mit Gesichtern, mit Ahnungen und dergleichen abgegeben, als sehe sie Frau Bianka – das war der Name der jungen Welschen – auf einer Totenbahre liegen, von einem zarten Schleier umflossen und mit einem Maiglöckchenkranz auf den rabenschwarzen Locken.

Ein trauriges, dummes Gesicht!

Es konnte ihr auch nur gekommen sein, weil das junge Frauchen so bleich war. Weiß wie Schnee, schwarz wie Ebenholz galt für sie wie für die Schönen im Märchen, aber das »rot wie Blut« fehlte. Sie war auch so hoch gewachsen und schmächtig wie die Lilien im Gärtchen des Hofapothekers vor dem Petersthore.

Während die Alte nach dem Mahle der jungen Frau half, den kleinen Zeno zu baden und zur Ruhe zur bringen, wobei auch Melchior nicht fehlte, mußte sie fortwährend von dem einen auf das andere schauen, und dabei ergriff sie ein großes Mitleid mit dem lieben Sohn ihres Herrn, der das Herz an solch ein zartes Wölkchen gehängt, das jeder Wind fortwehen konnte, solche schmelzende Süßigkeit, die, wenn sie ihre Erfahrung nicht trog, keinen deutschen Mann rechtschaffen sättigen konnte.

Aber sah denn der Melchior noch aus wie ein solcher?

O nein!

Und wieder schauerte es ihr kalt über den Rücken; denn wie der Heimgekehrte das große weiße Leinentuch vor sich hielt, um das gebadete Kind damit zu umhüllen, war es ihr, als trüge er ein langes Leichenhemd, und als schaute sein blutlos fahles, hageres Antlitz mit dem schwarzen Haar und Knebelbart gespenstisch darüber weg.

Bei solcher frohen Heimkehr dergleichen närrische, trübe Gedanken!

Mit aller Kraft suchte sie ihnen die Wege zu weisen, und dazu half ihr das Kind; denn das sah aus wie das Leben, und wie es so unbändig in dem lauen Wasser prustete und strampelte, lachte und jauchzte, die Eltern rief und ihren Namen »Frau Schimmelin« auszusprechen versuchte, da ging ihr das Herz auf, und sie gab manche verkehrte Antwort; denn innerlich sprach sie ein unhörbares Paternoster nach dem andern für das Gedeihen und Wohlergehen dieses holdseligen Knaben, der ihr sogar lieblicher erschien als weiland der Melchior, den sie seinerzeit für das allersüßeste Büblein gehalten.

Wie das Kind im Bette lag, faltete ihm die Mutter die Händchen und sprach ihm etwas vor, worin die Schimmelin ein Gebet erkannte; der Vater aber bestrich ihm mit einer Essenz die Stirn und die Gegend des Herzens und murmelte dazu unverständliche Worte. Was sie auch bedeuteten – sie schienen dem Prachtkinde gottlob wohl zu bekommen.

Die junge Frau, die die weite Reise ermüdet hatte, ging zeitig zur Ruhe, und als die Haushälterin mit Melchior allein war, mußte sie ihm berichten, wie es dem Vater seit seinem Aufbruch ergangen.

Der Sohn ihres Herrn hatte doch ein gutes, weiches Herz heimgebracht aus dem Welschland, wie ernst und gefurcht von strenger Arbeit sein längliches, farbloses Antlitz auch aussehen mochte; denn da er von der Sehnsucht und dem Verfall des Alten vernahm, schwammen ihm die Augen in Thränen.

Selten nur unterbrach er den Fluß ihrer Rede: wie sie aber zu den letzten Stunden des Hofapothekers und den Versuchen gelangte, die selbiger mit dem neuen Elixir an ihr gemacht, da erhob er sich jählings und häufte Frage auf Frage, bis ihm zur Gewißheit geworden, was er zu erfahren begehrte. Dann blieb er plötzlich mitten im Zimmer stehen, wandte Arme und Augen nach oben und rief laut und feierlich wie ein Verzückter: »Ewige Wahrheit, heilige Wahrheit! Dein Reich, es wird kommen.«

Der Schimmelin gingen diese Worte durch Mark und Bein, und wie der Melchior so dastand, als öffne sich die Decke über ihm und als schaue er gerade hinein in den Himmel, da erschien ihr der Mann, dem sie einst vor dem Schulgang die Bemmen in das Ränzlein gesteckt, so groß, so unnahbar und ganz besonders, daß sie sich vor ihm fürchtete und ihm zitternd den Willen that, als er ihr befahl, auch ihm mit einem feierlichen Eid zu beschwören, was sie über das Elixir erfahren und vernehmen werde, als unverbrüchliches Geheimnis in der Brust zu verschließen.

Dies Gelöbnis fiel der Schimmelin schwer auf die Brust; bald aber atmete sie wieder freier auf; denn er begann von Dingen zu reden, für die sie besseres Verständnis besaß. Sie bezogen sich auf den Haushalt und die große Küche mit dem hohen Schornstein im zweiten Stocke. Er suchte nach einem geschickten und verschwiegenen Gehilfen, und die Schimmelin hatte einen solchen in Vorrat; denn ihrem neuen Eheherrn gedieh der Müßiggang übel, maßen er, der sein Leben lang Kohlen geschürt und Arzneien gekocht und gebraut, auch jetzt nicht davon lassen mochte und sie kein Täubchen braten ließ, ohne ihr mit dem stummen, schnüffelnden Antlitz über die Schulter zu schielen.

Die wackere Frau sah voraus, daß der Müßiggang ihr den alten Neuvermählten verleiden würde, und Doktor Melchior ließ sich gern bestimmen, ihm, dessen schweigsames Wesen und geschickte Hände er nicht vergessen, anbieten zu lassen, es bei ihm zu versuchen. Im Hinterhause gab es ein freundliches Quartier, das die Wirtschafterin und die Lehrlinge weiland bewohnt. Das stellte der Heimgekehrte dem alten Paar zur Verfügung. Die Schimmelin solle seiner Ehefrau zur Hand gehen; denn Frau Bianka sei weder der Sprache noch der Kunst des deutschen Haushaltens mächtig, und auch von dem Schimmel erwarte er das Beste, zumal er, der Doktor, fürs erste nach einem Heilmittel für die Hausfrau suche, deren Gesundheit ihn mit Besorgnis erfülle.

In der neu hergerichteten Küche begann nun ein emsiges Treiben, und der alte Provisor freute sich der neuen Stellung; denn vor einer besser eingerichteten Feuerstätte mit feineren Wagen und Instrumenten hatte noch kein Apotheker und Scheidekünstler hantirt. – Wenn er auch nicht wußte, wohin das Messen, Sieden und Destilliren führte, sobald der Doktor von dem Zusammenkochen neuer und immer neuer Heiltränke abließ, so füllte ihm das Schaffen doch die langen Sommertage aufs beste, zumal ihm nichts ferner lag als der Trieb ins Freie, den die meisten Leipziger Kinder mit auf die Welt bringen.

Seit er in die Lehre getreten – es war seitdem ein Menschenalter vergangen – hatte er nur zweimal in jedem Jahre die Apotheke verlassen, um einen freien Tag zu genießen, und bei dieser Gelegenheit waren ihm grüne Bäume niemals zu Gesichte gekommen; denn was er seine »Ausspannung« nannte, hatte er stets auf das Dreikönigsfest im Januar und – er hieß Rupert – auf seinen Namenstag am siebenundzwanzigsten des Märzmonats verlegt.

Unter den achtzig Malen, die hinter ihm lagen und die ihn stets zu seiner Schwester, die zu Gohlis mit dem Müller verehelicht war, führten, hatte es neunundzwanzigmal geregnet und zweiundvierzigmal geschneit. Darum war für ihn ein Gang ins Freie mit der Vorstellung von durchweichten Kleidern, nassen Füßen, verdorbenem Schuhwerk, Schnupfen und, weil seine Schwester, die Müllerin, dem seltenen Gaste stets fette Speisen auftrug, dazu noch mit Magenbeschwerden verbunden. Auch seinem Eheweib war es am wohlsten innerhalb der Mauern der Stadt, wo, pflegte sie zu sagen, man weiß, was man hat.

So war denn Herr Schimmel auch im Sommer dem Meister jederzeit zur Hand, und er hatte sich nicht über zu schweren Dienst zu beklagen; denn der Doktor schien einem Gang ins Freie so hold zu sein, wie der Provisor ihm gram war; ja, als der Mai kam und draußen die Obstbäume blühten, die zarten, saftigen Buchenblätter die Hüllen sprengten, die Eichen das harte Braun des dürren Laubes abwarfen, um sich mit geschmeidigem jungen Grün zu schmücken, als der gelbe Löwenzahn den Wiesenteppich mit Goldgelb durchwirkte und ihn dann mit silbergrauen Seidenfasern überwehte, als die goldene Schlüsselblume, das weiße Gänseblümchen und die violetten Glockenblüten seine bunte Farbenzier mit anderen Genossen in Rot und Blau noch erhöhten, als am Ufer der Pleiße Strauch um Strauch die Knospen erschloß und am Abend die Nachtigall im

Busch und Wald zu locken und zu jauchzen begann, da hielt es an sonnigen Nachmittagen den Doktor Melchior Ueberhell selten zu Haus.

Mit dem schönen jungen Weibe am Arm wandelte er in den frisch grünenden Laubwald, der der Stadt eigen, und wenn er schon im Welschland, wo der Boden trockener und das Laub der Bäume härter ist, denn bei uns, sich oft gesagt, daß es doch nichts Schöneres gebe, als den Wasserreichtum und die strotzende Fülle der saftigen, biegsamen Blätter in den heimischen Forsten, so ward er in selbigem Lenz nicht müde, sich solches zu wiederholen, und es bot ihm recht tief innerliches Genügen, daß der Herzliebsten der deutsche Wald so wohl gefiel wie ihm selber.

Wenn sie bei solchen Spaziergängen anderen Bürgern begegneten, hefteten sich aller Augen auf das schöne Paar; denn war der Melchior auch hager, so freute er sich doch eines hohen Wuchses, und sein Antlitz war wohlgebildet und gewann einen besonderen Zauber durch den seltsamen Glanz der großen dunklen Augen, die mehr zu schauen schienen, als was sich ihnen am Wege darbot. Dabei ließen *ihm* die schwarzen Gelehrtengewänder so gut wie *ihr* die weißen Kleider und Tücher von kostbarem Stoffe, die sie gern mit lichtem Blau verzierte, das ihre Farbe. So glich diese zarte junge Welsche mit der leicht nach vorn geneigten Haltung und dem wunderschönen, bleichen, vom schwärzesten Haar umrahmten Antlitz einer Elfe, die in lichten Gewändern zum Maientanz im Mondenschein ausgeht und sich mit Vergißmeinnicht und Enzian geschmückt hat.

Wer sie sah, dem hellte Herz und Antlitz sich auf; denn es war ihm, als sei ihm ein Glück begegnet, aber ihren näheren Umgang suchte niemand, obwohl der Doktor es nicht unterließ, sie zu etlichen Verwandten und den Leitern des städtischen Wesens zu führen. Wenn aber Melchior, den man vielfach mit ihr zu Gaste lud, sie entschuldigte, weil sie von schwacher Gesundheit, so drang man nicht in ihn; denn es ließ sich mit ihr, die kein Deutsch verstand, nicht reden, und wer ihr leises Hüsteln vernommen, der verdachte es dem Doktor nicht, daß er dies gebrechliche Kleinod fürsichtiglich hüte.

Statt in Küche und Keller fanden die Hausfrauen, die sie besuchten, Bianka auf dem Ruhebett mit einer Schrift oder der Laute in der Hand, oder wohl auch beim Spiele mit ihrem Knaben, und das wußten die Wohlgesinnten ihrem bleichen Antlitz und überzarten Leibe zu gute zu halten, die Strengeren aber meinten, das sei welsche Art und beklagten den Doktor.

Was aber bei den Gevatterinnen das größte Aergernis erregte, das war sicherlich der Umstand, daß das junge Paar sich auch ohne sie zufrieden fühlte; und in der That strahlte ihnen die helle Glückseligkeit aus den Augen, und dem schweigsamen Doktor schien die Zunge gelöst, wenn man ihm mit der Frau Liebsten draußen im Wald und auf der Wiese begegnete. Auch floß der Mund des Notarius Anselmus Winckler über vom Lob dieser beiden. Er war der einzige, der sie bisweilen auf ihren Gängen durch den Wald begleiten durfte, und da er dem Melchior auf der hohen Schule zu Bologna jahrelang ein guter Gesell gewesen und dort der wohllautenden Muttersprache Frau Biankas mächtig geworden, konnte er mit ihr wie mit einer Landsmännin reden. Er war ein geselliger Herr, und wenn er's sich im Wirtshaus oder bei einem Gastfreunde wohl sein ließ, gab er den anderen zu hören, wie tief bewandert der Doktor in allen Reichen der Natur sei, und wie trefflich der gelehrte Meister Vitali, Frau Biankas Herr Vater, es verstanden hatte, den Sinn für das Schöne und Wissenswerte in der Tochter zu wecken. Sie fragen und den Gatten so klug und minniglich antworten zu hören, das sei eine Lust sondergleichen.

Auch an freundlichen Morgen hielt es den Doktor nicht immer zu Haus, und dann führte er die junge Frau gern in den Ueberhellschen Garten vor dem Petersthore und zeigte ihr, was Großvater und Vater dort an seltenen Gewächsen gesät und an Obstbäumen gepflanzt; der jungen Frau aber bot es Ergötzen, Sträuße zu binden und mit dem Kinde die wohlgediehenen Kirschen und frühen Birnen ernten zu helfen.

In Bologna hatte sie ihn schwer von der Arbeit abzuziehen vermocht, bei der ihr eigener Vater, sein Meister, ihn zurückhielt, und nun sah sie dankbar, daß er ihr in der neuen Heimat so viele Stunden schenkte, und – er hatte es ihr verraten – statt des Elixirs, wovon sie schon als Kind, als von dem würdigsten Ziele der Forschung, gehört, nach Mitteln suchte, die ihr wohlthun sollten.

So kam der Herbst, und wie sich die Stare auf der Thomaskirche, die Störche auf dem Dorf und die Schwalben auf dem Dache des Nachbarhauses sammelten, um gen Süden zu ziehen, rissen rauhe Stürme das Laub von den Bäumen, folgte ein trüber Regentag dem andern, und als die Ebereschen und Berberitzenbeeren im lichtesten Purpur glänzten, da verwandelte sich der rosige Schimmer, der sich in diesem regenarmen, glückseligen Sommer auf den Wangen des jungen Weibes gebildet, in rotschimmernde Kreise, ihr Auge gewann einen sonderbaren, thränenfeuchten, sehnsüchtigen Glanz, und wenn der Husten ihr die Brust erschüttert hatte, sank sie zusammen, als habe der Herbstwind sie gebeugt wie die Stengel der Malven, die der Sturm im Gärtchen draußen von den Stäben riß.

Dann kam ein Tag, an dem der kurfürstliche Leibmedikus Olearius den Weg in die Drei Könige fand. In Mitten des Dezembermonats lag Stroh vor dem Ueberhellschen Hause, und wen das Glück des jungen Paares fern von ihm gehalten, den führte jetzt das Leid zu ihm hin. Es schien, als sei die junge Fremde, die niemand zu sich heranzuziehen versucht, der Abgott der Bürgerschaft gewesen, so häufig kamen die Fragen nach ihrem Befinden, das liebreiche Angebot guter Dienste, und als Freundschaftszeichen späte Blumen, seltener alter Wein und dergleichen. Als dann die Weihnachtsglocken klangen und das frohe »Christ ist geboren« durch die Straßen der Stadt scholl, da schrillte ein lauter Aufschrei durch die alten Räume der heiligen Drei Könige, und neben seiner geknickten Blume, die nun ganz zur Lilie geworden, weil der letzte rosige Abendschimmer von den schneeweißen Wangen gewichen, kniete Melchior und rang die Hände und zerwühlte sich das wirre dunkle Haar.

Des Leichenzuges, der der jungen Welschen folgte, die wie ein flüchtiger Gruß aus dem Eden so schnell gegangen war wie gekommen, hätte sich auch das Ehegemahl des Herrn Hofrichters nicht zu schämen gebraucht. Was ansehnlich und wohlgeboren in Leipzig und außerdem viele geringere Leute, die der Blick Biankas nur einmal getroffen, folgten ihm nach. Man war hier so gastfrei, und was man der Lebenden nicht hatte erweisen können, das holte man nach an der Toten. Dabei wurden heiße Thränen vergossen, und doch hatte keiner die Verstorbene recht gekannt; es war nur den meisten, als hätte man die Schönheit selbst zu Grabe getragen.

Der einzige aus dem Ueberhellschen Geschlecht, der der Leiche nicht folgte, war der vornehmste der Leidtragenden, war der verwitwete Doktor Melchior selbst.

Einsam und thränenlos durchwandelte er die Zimmer, die Bianka bewohnt. Gegen alle, die ihn zu sehen und zu trösten begehrten, schloß er sich ab; ja auch den Besuch des Notarius Winckler wies er zurück.

Daß von seinem Dasein die Blüte gebrochen, und daß er eine Todeswunde im Herzen trug, war das einzige, was er fühlte und dachte.

Die Schimmelin fürchtete ernstlich für sein Leben. So gut sich das Gesicht erfüllet hatte, das ihr Frau Bianka auf dem Totenbett gezeigt, konnte auch das andere, das den Doktor betraf, zur Wahrheit werden, – und er aß und trank weniger als ein Karthäuser am Fasttag; er stieß die guten Leute vor den Kopf, die seiner Seligen so hohe Ehre erwiesen hatten, ging weder in die Messe, noch in die Küche zur Arbeit, und dadurch verfiel auch ihr Schimmel in Müßiggang und verhieß wiederum unleidlich zu werden.

Wie sollte das enden?

Die Bürgerschaft erzeigte ihm große Geduld. Er war einmal von besonderem Schlag, und man durfte ihm vergeben, daß er dem Sarge nicht gefolgt war, zumal es – die Schimmelin hatte das alles auf eigene Gefahr hin veranstaltet – an nichts gefehlet, das zu einem glänzenden, fürnehmen und teuren Leichenzuge gehört. Wenn die große Aerztin »Zeit« ihn getröstet, dachten die meisten, werde er sich denen wieder nähern, zu denen er gehörte, ja sich fester an sie schließen denn früher, maßen er die sieche Ehefrau verloren, die ihn abseits von ihren heiteren Kreisen gehalten.

Man erweist sich den Unglücklichen gern milde – denn ein Größerer fügte ihnen ja Schlimmeres zu, als man ihnen selbst hätte anthun können.

Es kam übrigens anders, als die freundlichen Mitbürger meinten.

Die Drei Könige lagen hinfort da wie verödet, und wenn nicht vier Wochen nach dem Hingang Biankas die hohe Esse auf dem Dache wieder begonnen hätte, bei Tag und oft auch bei Nacht Rauch in Strömen auszuhauchen, wäre gemeiniglich jedermann berechtigt gewesen, das Haus mit der Minerva und dem Tierkreis für unbewohnt zu halten. Gemeiniglich; denn bisweilen hörte man doch den Klopfer gehen, den der Notarius Winckler rührte, vernahm man frohes Kindergelächter aus dem offenen Fenster, oder sah die Schimmelin mit dem Korb auf den Markt gehen.

Dem Doktor begegnete niemand, weder in der Kirche noch auf der Straße, doch blieb er nicht immer daheim.

Im Sommer ging er bei Sonnenaufgang auf den Friedhof und von dort in den Forst, im Winter wanderte er, sobald die ersten Sterne aufgegangen waren, in einen schwarzen Mantel gehüllt, erst zu dem Grabe Biankas und von dort auf eines der benachbarten Dörfer, ohne je Einkehr zu halten, und nur der Totengräber, der ihm den Gottesacker aufthat, und der Thorwächter, der ihm die kleine Bürgerpforte erschloß, wechselten mit ihm einen Gruß.

Daheim irrte er nicht mehr müßig und fastend einher, sondern nahm die Mahlzeiten regelmäßig ein und hatte sich mit so leidenschaftlichem Eifer auf die Arbeit gestürzt, daß es sogar dem fleißigen Schimmel und seiner besorgten Hausfrau bisweilen zu viel ward. *Die* wußte jetzt auch, was der Doktor mit dem schweren Schaffen zu stande zu bringen hoffte; denn sie hatte es erlauscht, doch brauchte sie sich dessen nicht zu schämen, maßen es in löblicher Absicht geschehen war.

Vier Wochen nach dem Tode Biankas, der sie viele heiße und aufrichtige Thränen nachweinte, hatte Melchior sich zum erstenmal wieder ans Schaffen begeben.

Es war am späten Abend geschehen, und er hatte, bevor er in die Küche ging, dem schlafenden Knäblein, bei dem die Schimmelin wachte, so seltsame Dinge zugeraunt und gerufen, daß ihr bange geworden war, zumal man den Schimmel nicht berufen, dem Doktor Beistand zu leisten. Was aber dem gestörten Manne, wenn man ihn allein hantiren ließ, alles zustoßen könne, war der Alten wie Nachteulen und Fledermäuse schwarz und bedrohlich durch die Seele gezogen. So hatte sie sich denn hinter die Blasebälge, mit denen das Kohlenfeuer auf dem Herde geschürt wurde, verborgen, und sie war dort Zeuge von Vorgängen geworden, die ihr noch nach Jahren kalte Schauder über den Rücken trieben, wenn sie ihrer gedachte.

In seinem besten Feiertagsgewand von schwarzem Sammet mit seidenen Puffen hatte der Doktor, stolz aufgerichtet, die Küche betreten, deren weiter, hochgewölbter Raum nur durch das gedämpfte Licht der Ampel spärlich erhellt wurde; als aber die Schimmelin seine Schritte vernommen, hatte sie sich so tief in sich selbst zusammengezogen, daß sie ernstlich vermeinet, sie sei kleiner und weniger leicht sichtbar geworden; denn es war zu befürchten gewesen, daß er die Kohlen entzünden und sie bei ihrer Glut wahrnehmen würde.

Doch zu ihrer großen Erleichterung hatte er sich in der Mitte der Küche gerade unter der Ampel hingestellt, die an der Stelle befestigt war, wo die Gurte des Deckengewölbes zusammentrafen. Dann hatte er mit einem frischen Lorbeerzweig nach allen Seiten hin gewinkt und dazu ähnliche Worte und Namen, nur lauter und gebieterischer, gerufen, als am Bett seines Knaben.

Der Lauscherin war es deutlich bewußt gewesen, daß er Geister beschwöre, und die Kniee hatten ihr gezittert und die Zähne so laut auf einander geschlagen, daß sie gefürchtet, er möchte es hören; auch hatte sie fürsichtiglich die Augen geschlossen, um nicht von dem Anblick der Höllenbrut, die bald in dies christliche Haus dringen sollte, um den Verstand gebracht oder erdrosselt zu werden, und wirklich mußten die Unholde, dem Winke des Meisters gehorsam, die Küche betreten haben; denn sie hatte deutlich vernommen, wie er einen solchen feierlich begrüßte.

Weil sie aber weder schwefligen Dunst noch das Flackern lodernder Flammen durch die leicht geöffneten Lider spürte, war ihr der Mut also gestiegen, daß sie sich endlich erkühnet, Umschau zu halten. Doch sie hatte nichts zu erspähen vermocht als den Doktor, der auf den Knieen lag und in eine Ecke der Küche hinein sprach, wo sich nichts befand als der Besen, mit dem sie noch am Morgen den Estrich gefegt, und an einem Haken die alte braune, etwas fuchsig schimmernde Perücke des Schimmel, die er aufzusetzen pflegte, wenn er in dieser Winterszeit über den Hof ging.

Solche Geister waren ihr so wohl vertraut, daß sie bei ihrem Anblick wieder frei zu atmen begonnen und gelassenen Mutes erwogen hatte, die beschworenen Geister müßten sie entweder nicht für würdig erachtet haben, sich ihr zu zeigen und nur dem Meister erkennbar gewesen sein, oder es habe der Verstand des Doktors erheblich gelitten. Des ihrigen meinte sie immerdar sicher zu sein; denn der – des getröstete sie sich – war von gröberem Stoff und wie alles Kurze nicht so leicht zu verwirren.

Mochte Doktor Melchior nun zu dem Besen oder der Perücke oder zu einer Erscheinung geredet haben, die er und kein anderer sah – war sie jedenfalls so weit zur Besinnung gekommen, daß das eigentliche Lauschen beginnen konnte.

Nachdem sie zu größerer Sicherheit einige Kreuze geschlagen, hatte sie dann aus des Doktors eigenem Munde vernommen, was ihr und dem Schimmel ein Geheimnis gewesen.

Kein Wort war ihr entgangen, bis Melchior in die Bücherei neben der Küche getreten war, und jetzt hatte sie es doch für rätlich gehalten, den Schlupfwinkel zu verlassen und in ihre Kammer zu eilen.

Der Schimmel war längst zur Ruhe gegangen und sein Schnarchen ihr beim Eintritt laut entgegengerasselt; doch sie hatte ihn geweckt und ihm dann mit fliegenden Worten vermeldet, was sie gesehen und vernommen.

Der Geist, den der Meister beschworen, hatte sie berichtet, nachdem sie ihrer Angst und des Folgenden gedacht, sei der der Wahrheit gewesen; denn also habe er ihn gerufen.

Ob er Gehorsam geleistet oder nicht, das stehe freilich auf einem andern Blatte; jedenfalls sei er nicht aus der Hölle gekommen, maßen was dem Gottseibeiuns angehöre, mit üblem Geruch behaftet und der Satanas auch der Fürst der Lüge heiße, und es ihn darum wie ein Schimpf verdrießen müsse, sich als den »Geist der Wahrheit« anrufen zu hören, während doch derjenige, welcher dem Doktor erschienen sei, sich in jeder Hinsicht manierlich betragen.

Außerdem sei der Meister mit echt christlicher Demut, ja mit reumütigen Selbstanklagen geständig gewesen, sich gegen die Wahrheit versündigt zu haben, der er sich doch mit Leib und Seele, Gut und Blut hingegeben, indem er, von der heißen Minne zu dem geliebtesten Weibe bewältigt, der Aufgabe seines Lebens abtrünnig geworden sei und nur das eine erstrebt habe, ein Mittel zu finden, das die Kranke von ihrem Siechtum zu heilen und am Leben zu erhalten vermöge.

Hienach sei er aufgesprungen, habe die Hand mit dem Schwurfinger gen Himmel gestreckt und dem Geiste gelobt, von nun an unentwegt darnach zu trachten, das Elixir zur Vollendung zu bringen, das bestimmt sei, der Wahrheit zum Sieg zu verhelfen.

Endlich hatte die Schimmelin geschildert, wie dem Doktor bei dieser Rede die Augen geglüht, und daß es ihr gewesen sei, als hätte ihm eine unsichtbare Hand das Wort »Wahrheit« mit großen Buchstaben über das Antlitz geschrieben. Er werde auch so sicher zum Ziele gelangen, wie sie für sich selbst ein seliges Ende von den Heiligen erflehe.

Herr Schimmel hatte auf diese wichtige Eröffnung nach langem Schweigen und Sinnen nichts zu entgegnen vermocht als: »Mir kann es gleich sein,« und seine liebe Hausfrau ihm nicht minder kurz, doch mit aufrichtiger Entrüstung erwidert: »Er Stockfisch!«

———————•◆•———————

Vom nächsten Morgen an war der Doktor mit erneutem und verdoppeltem Eifer an die Arbeit gegangen.

Sämtliche Droguen, die in der Küche des seligen Hofapothekers gebraucht worden waren, wurden mit seinem Elixir vermischt und verkocht, und er versuchte, wenn auch vergebens, die gewonnenen Tränke an sich selbst; denn die Schimmelin war nicht zu bewegen, noch einmal an dem Elixire zu riechen.

Dafür sorgte sie um so treuer und eifriger für die Bedürfnisse des Hauses und das äußere Wohl des Herrn und Kindes, und als sie bemerkte, daß der Doktor wie sein verstorbenes Weib zu hüsteln begann, abfiel und von Kräften kam, legte sie ihm ans Herz, sich besser zu pflegen, um den Sohn nicht vorzeitig zur Waise zu machen; auch veranlaßte sie den Notarius Winckler, ihn anzuhalten, des eigenen Wohles und des Kindes fleißiger zu achten.

Da war auch noch etwas anderes, das ihr Herzeleid bereitete.

Sie hatte die ganze Seele an den kleinen Zeno gehängt, und ein hübscheres und, wenn sie es an Feiertagen schön herausgeputzt hatte, fürnehmer drein schauendes Kind ließ sich nicht denken.

Dennoch schien der Doktor wenig nach ihm zu fragen.

Nur des Abends, wenn der Kleine im Bette lag, trieb er es mit ihm wie bei Lebzeiten der Mutter. Bisweilen hob er ihn auch aus dem Bettchen und drückte ihn mit so heftiger Zärtlichkeit an sich und herzte ihn so stürmisch, daß das Kind sich ihm zu entwinden trachtete und in großer Angst nach der Schimmelin rief.

So kam es, daß der Knabe sich dem Vater endlich nur noch scheu zu nähern wagte, und das konnte die Alte auf die Dauer nicht ruhig mit ansehen. Einmal nahm sie auch den Mut zusammen und stellte den Doktor auf jede Gefahr hin zur Rede.

Sein Vater selig, begann sie, habe zwar gesagt, die Heiligen hätten sie nur mit einem kurzen Verstande bedacht; das aber meine sie dennoch zu wissen, daß es von einem Vater, den der Himmel mit einem so feinen Söhnchen gesegnet, weder weise noch fromm sei, solchen Kleinods so wenig zu genießen und es sich gar zu entfremden.

Da hatte der seltsame Mann sie mit den traurigen Augen von unten nach oben gemessen und gedankenvoll erwidert: »Ich begehre nichts von dem Knaben, weil ich an nichts denke, als ihm alles zu geben, was in mir und an mir. Nach etwas Höherem, als die Welt bisher kennt, suche ich für ihn, und ich werde es finden.«

Solche großen Worte schlossen der Schimmelin den Mund, aber sie dachte bei sich: »Mit dem kurzen Verstande seh' ich doch mehr als Du mit dem langen. Ein warmer, herzlicher, freiwilliger Kuß von Deinem Kinde würde Dir besser frommen als all die großen Hirngespinnste, denen Du nachjagst, und dem Zenochen brächte ein wahrhaft väterlich Wort und ein rechtschaffener Schlag von Dir – alles zu seiner Zeit – besseres Heil als das giftige Weltverbesserungsglück, womit Du Dir die Tage und Nächte versauerst.«

Au einem schönen Juniusnachmittage fand sie bei der Heimkehr vom Friedhof, wohin sie den Knaben fleißig führte, und woselbst sie der weißen Rosen auf dem Grabe der seligen Bianka mit besonderer Sorgfalt wartete, den Doktor nicht wie sonst in der Küche bei der Arbeit, sondern auf dem Ruhebett, und da er bei ihrem Eintritt schwer aufseufzte, frug sie ihn ehrerbietig, was ihn bedrücke.

Da schüttelte er anfangs abweisend das Haupt, doch wie sie trotz dessen stehen blieb und er bemerkte, daß die grauen Augen sich ihr mit Thränen füllten, mußte er der Tage gedenken, da sie erst am Sarge der Mutter selig und dann am Sterbelager Biankas mit ihm geweint, und nun floß das übervolle Herz ihm über, und kurzatmig und oft von leisem Husten unterbrochen, stieß er hervor: »Bald ist es vorbei – ich fühl' es hier drinnen, und noch bin ich dem Ziele nicht näher gekommen. Was es von Stoffen gibt in allen Reichen der Natur, ich hab' es zur Hilfe gerufen; alle Geister, über die das bannende Wort Macht besitzet zwischen Himmel und Erde, hab' ich mir dienstbar gemacht und sie mir beizustehen beschworen, und dennoch! Da steht das Elixir, und es ist kaum von höherem Wert als das Dünnbier, womit der Knecht drunten den Durst löscht, ja ich schätz' es geringer; denn wem bringt es Erquickung? Als ein unseliger Mann, der das Geschenk des Lebens samt guten Gaben und rastlosem Fleiß von der Schulbank an nutzlos vergeudet, werd' ich dahingehen. Und doch. Zeigte mir der Geist die Tropfen, die dies Naß in der Hand meines Vaters zu dem machten, was es ja schon einmal war, – ich wiese zwanzig neue Leben zurück; denn dann – dann . . . O Du alte, treue Seele, – Du kannst es ja unmöglich begreifen! – Dann würde aus dieser Welt, in der Lug und Trug sich groß machen, ein neues Paradies, und ein Ueberhell würde es sein, dem die Menschheit solche Segnung verdankte; – doch nun . . .«

Hier schlug er wie ein Verzweifelter die Hand vor das Antlitz; die Schimmelin aber schaute mit bitterem Herzweh auf den edlen, klagenden Mann, und weil es ihr in der Art lag, lieber helfend zuzugreifen als mit zu jammern, erwog sie, was wohl dem lieben, verlorenen Herrn Trost bringen könnte.

Auch hatte sie nicht lange zu suchen; denn im Erker hockte der kleine Zeno und zerrupfte gar sorgsam das grüne Laub eines Rosenzweiges, den sie ihn auf dem Grabe der Mutter für den Vater zu pflücken geheißen. Der ganze Stiel war schon entblättert, doch die weiße Blume prangte noch schön und unangetastet an seiner Spitze.

Da winkte sie dem Knaben und gebot ihm leise, den Vater zu wecken und ihm die Friedhofsrose zu reichen, und der kleine Zeno gehorchte und trat geradewegs auf Melchior zu. Dem Ruhebett gegenüber sank ihm freilich der Mut; doch bald fand er ihn wieder, legte dem todesmüden Forscher das Händchen auf das vorzeitig ergraute Haar und sagte mit dem ganzen süßen Zauber, der dem Kindermunde eigen, wenn er sich öffnet, um einen zu trösten, der ihm zu Schutz und Trost bestimmt ist: »Zenochen bringt Dir die Rose, Vater. Vom Friedhofe kommt sie. Mütterchen schickt sie und läßt auch schön grüßen.«

Da fuhr der Doktor schnell auf und faßte, seiner selbst kaum mächtig vor tiefer Bewegung, nach der Hand des Kindes, die den Rosenzweig hielt, und zog es mit stürmischer Zärtlichkeit zu sich heran.

Doch der Knabe sträubte sich, und statt dem Leidenden neue Liebesworte zu spenden, schrie er schmerzlich auf; denn bei dem heftigen Druck der väterlichen Hand hatte sich ihm ein starker Rosendorn in den Finger gedrückt, und helles Blut troff ihm aus der Wunde auf das himmelblaue Kleidchen.

Da wurde dem Doktor, er wußte selbst nicht wie.

Er hatte dem Wesen wehe gethan, für dessen künftige Größe er die schwindende Lebenskraft in mühevoller Arbeit verbrauchte.

Dort floß das Blut seines Kindes, das als Bote des Weibes kam, dem die einzige große Liebe seines Herzens gegolten, und ihm zu Füßen lag die weiße Rose, die sie ihm gesandt.

Wie nun sein Blick die Blume traf, die Bianka vor allen geliebt, und dann den weinenden Knaben, füllte sich ihm die ganze Seele mit Zärtlichkeit, und zum erstenmal ergriff ihn brennende Reue, nicht der Liebe und ihr allein das ganze Leben geweiht zu haben. Dem Kinde, das da weinte, die letzten gezählten Tage des Erdendaseins zu widmen, schien ihm in diesem Augenblick von allem Schönen das Schönste; und doch kam die Leidenschaft des Entdeckers auch jetzt nicht in ihm zur Ruhe, und während sein Blick nach einem Tüchlein suchte, um das Blut an dem Finger des Kindes zu trocknen, begegnete er dem Gefäß mit dem Elixir auf dem Tische und dann wieder der Rose, und blitzschnell kam ihm der Gedanke, daß Bianka, die ihm die Blume gesandt, an dem Händchen des gemeinsamen Lieblings den Quell geweckt habe, dessen er bedurfte, um seinen Lebenszweck zu erreichen.

Und in der That: von allen Stoffen, die aus dem Wasser kommen und der Luft, und die Erde und Feuer bilden, hatte er dem Elixir schon einen Teil beigesellt, nur nicht vom Blut eines Kindes.

Mit fliegendem Atem griff er nun nach der Hand des Sohnes, hielt ihm die Phiole an die Wunde und ließ, während er ihm liebevoll zusprach, Tropfen auf Tropfen des rubinroten Lebenssaftes in das Elixir rinnen.

Dann legte er den Knaben auf den Arm der Schimmelin, ging, so schnell die müden Füße ihn trugen, in die Küche und bewegte den Blasebalg mit so mächtigen Zügen, daß jene ihm mit stummem Entsetzen zusah. Endlich goß er den Trank in den Tiegel, setzte ihn auf die heiße Glut der weithin leuchtenden, sprühenden Kohlen und murmelte wunderliche Worte und Sätze über das rauchende Naß hin, bis es aufbrodelte und platzende Blasen über den Tiegelrand perlten. Zuletzt stellte er das heiße Gefäß in kühles Wasser, beschwor seinen Inhalt noch einmal, hielt es vor einen Spiegel; denn einen solchen führt der Geist der Wahrheit als Sinnbild und Abzeichen in der Rechten, – goß dann den Trank in die Phiole und trat mit perlender Stirn und leidenschaftlich glühenden Augen, tief atmend, auf den Sohn zu, um die Kraft des neuen Elixirs an ihm zu erproben.

Aber nun ereignete sich etwas, das er nun und nimmer erwartet; denn die sonst so bescheidene Schimmelin drückte das Antlitz des Knaben an die Brust, und die guten grauen Augen funkelten ihr wild, während sie, zum äußersten Widerstand entschlossen, ausrief: »Macht mit dem Trank, was Ihr wollt, Herr; nur das Kind laßt mir in Frieden! Unser Zenochen spricht die Wahrheit auch ohne Euer Gebräu! Ein Kinderherz ist ein heilig Ding, würde seine Mutter selig, der Engel, sagen, – und ich, ich dulde nicht, daß Ihr es mißbraucht, um Eure Künste an ihm zu versuchen!«

Und seltsam! Der Doktor nahm diese Mahnung hin, ohne die Alte wegen solchen unziemlichen Widerspruchs zu strafen, und entgegnete nur mit überlegener Selbstgewißheit: »Es bedarf weder des Kindes noch eines andern, um die Probe zu machen.«

Damit roch er selbst kräftig in die Phiole, atmete dann tief auf und blickte lange Zeit nachdenklich bald zu Boden, bald an das Gewölbe der Decke.

Dabei hob und senkte sich ihm die Brust, und bisweilen brauchte er das Tuch, um sich den Schweiß von der feuchten Stirn zu wischen.

Die Schimmelin schaute ihm ängstlich zu. und sie wußte nicht, ob er wie ein Irrer oder wie ein Heiliger dreinschaue, als er endlich den Blick himmelwärts richtete und mit hoch erhobenen Armen ausrief: »Ich hab' es gefunden! Vater, Bianka; – es ist das Rechte!«

Da ließ die Schimmelin ihn allein, legte das Kind zur Ruhe, kehrte wieder in die Küche zurück, und wie sie ihn immer noch an derselben Stelle fand, wo sie ihn verlassen, sagte sie bescheiden: »Da bin ich, und wenn es dem Herr Doktor von Wert ist, auch mit mir, eine wie geringe Person ich auch sein mag, die Probe zu machen, so halt' ich ihm still: nur würde mir ein Gefallen geschehen, wenn mich der Herr nicht nach Dingen fragte, die uns Schimmel betreffen oder die Mitglieder des ansehnlichen Ueberhellschen Geschlechtes.«

Doch der Doktor zauderte einige Zeit, bevor er dies Angebot sich zu nutze machte; denn die kecken Worte, mit denen ihm die Alte das Kind entzogen, gingen ihm noch nach, und außerdem genügte ihm die Probe, die er an sich selbst gemacht, um ihn von dem Gelingen seiner Entdeckung zu überzeugen; war es ihm doch gewesen, nachdem er an der Essenz gerochen, als habe sich ihm in dem schweren Haupte etwas gelichtet. Als er dann aber Einkehr in sein Inneres gehalten, um sich mancherlei Fragen vorzulegen, hatte er an vielem, das er an anderen für rein und untadelig gehalten, genug dunkle Flecken und Schatten wahrgenommen, um sich der Ueberzeugung hingeben zu dürfen, das wahre Spiegelbild ihres Wesens zum erstenmal erblickt zu haben.

Ja, er durfte seiner Sache gewiß sein!

Dennoch war die Freude des Entdeckers getrübt worden; denn wie oft hatte er allen Wirkungen nachgesonnen, die das Elixir üben könne, und dabei war ihm auch die Hoffnung nahe getreten, daß ihm die Kraft innewohnen könne, ihm über das eigene Sein und Wesen volle Klarheit zu gewähren, den Schleier von dem den Sterblichen Verborgenen zu ziehen, die wahre Natur der Dinge dem Menschengeiste zu enthüllen und die Rätsel des Lebens zu lösen.

Doch die dahin zielenden Fragen, die er sich selbst vorgelegt, waren unbeantwortet geblieben, und darum drängte es ihn, zu sehen, ob die Essenz nicht vielleicht andere befähige, das wahre Wesen dessen zu erkennen, was für das menschliche Denken bis dahin unergründlich gewesen.

Darum konnt' er sich doch nicht enthalten, die Schimmelin an der Essenz riechen zu lassen, und erwartungsvoll frug er sie, warum es allem Geborenen und Erstandenen beschieden sei, zu sterben und zu vergehen.

Aber die Antwort hatte nur gelautet: »Dergleichen möget Ihr den lieben Herrgott fragen, der es also bestimmte.«

Und wie er weiter zu erfahren wünschte, wie und aus welchen Bestandteilen das menschliche Blut zusammengesetzt, lachte die Alte nur und entgegnete leichthin, daß es rot sei; denn mehr erfahre man davon nicht bei »dem Schulmeister mit den Kindern«, von dem sie all ihre Gelehrsamkeit habe.

Da seufzte der Doktor: »So ist denn der mühevoll erworbene Fund dennoch von geringerem Werte, als ich erwartet!«

Sobald aber diese Worte ihm über die Lippen gekommen waren, lächelte er still vor sich hin. Die Essenz war es gewesen, die ihn zu diesem Ausspruch gezwungen; denn ohne ihren Einfluß hätte er nie und nimmer, wem es auch sei, bekannt, daß seiner herrlichen Entdeckung ein Mangel anhafte.

Diese Erfahrungen genügten ihm für heute, und er hinderte die Alte nicht, sich zur Ruhe zu begeben.

Auf dem eigenen Lager überdachte er noch einmal die Tragweite seines Fundes.

Die Wahrheit als solche, die volle und ganze, zu enthüllen, war das Elixir nicht geschickt, auch besaß es leider nicht die Macht, den Besitzer zu voller Selbsterkenntnis zu führen. Dagegen wohnte ihm die Kraft inne, jeden, der sich seiner bediente, zur Wahrhaftigkeit gegen den Nächsten zu zwingen, und das war gewißlich nichts Kleines. Nein, es war vielmehr groß genug, ihn zu den ruhmreichsten Entdeckern aller Zeiten zu gesellen, und seine Sippe zu dem edelsten Weltbeglückergeschlecht aus dem gesamten Erdenrund zu machen.

Schlaflos, doch voll von triumphirender Freude wie ein Feldherr, der einen herrlichen Sieg erfochten, durchwachte er die Nacht; als die Schimmelin aber am folgenden Morgen nach Hause kam, fand sie ihn mit dem kleinen Zeno zwischen den Knieen.

Da stieg in ihr der Verdacht auf, der Vater habe das Kind dennoch mißbraucht, um die Wirkung der Essenz an ihm zu erproben, und so blieb sie lauschend an der Thür stehen.

Aber die Phiole schaute verschlossen aus der Brusttasche des Doktors hervor, und er befrug den Zeno auch nicht, sondern redete nur eifrig in ihn hinein.

»Deine Mutter,« sprach er, »war mir lieber als das Leben und alles, und Du, kleiner Gesell, bist mir auch wert, schon weil sie es war, die Dich mir schenkte; aber wer weiß, ob ich Dich nicht hergegeben hätte, wenn davon das Gelingen der schweren Arbeit abgehangen hätte, der ich so viele Jahre geweiht. Jetzt bin ich am Ziele, und ich sage Dir, mein Knabe: Es gibt nur zwei große Wonnen hienieden, die uns die Seligkeit des Paradieses zu ahnen gestatten, und das sind die süßesten Gaben echter Minne und die Glückseligkeit des Forschers, dem die Entdeckung gelang. Ich habe sie jetzt beide gekostet.«

Der Knabe hatte dem Vater, während er solches, von der Macht des Elixirs genötigt, bekannte, mit offenem Munde ins Antlitz geschaut und nicht gewußt, ob er sich wieder fürchten oder das alles für einen Spaß halten und lachen sollte.

Doch die Schimmelin machte dem Zweifel ein Ende; denn sie brachte es nicht über sich, länger zu dulden, daß man den kleinen Liebling mit so wunderlichen Reden verwirrte, und fiel dem Doktor darum ins Wort:»Dem Zenochen schmecken ganz andere Dinge. Nicht wahr, mein Lämmchen, der Herr Vater sollte lieber Deine Schimmelin mit Dir auf den Markt schicken, um Dir Kirschen zu kaufen? Die schmecken dem Kinderschnäbelchen besser als ›echte Minne‹ und das andere Zeug, das den Männern die Köpfe verdreht.«

Da lächelte der Doktor wieder und rief:»Er wird dereinst an sich selber erfahren, was der Vater gemeint hat, und wenn Sie ihm Kirschen kaufen will, Sie alte treue Seele, so gehe Sie nur hin und wähle die schönsten. Auch in die Nürnberger Bude möget ihr gehen, und er soll von dem Tand die hübschesten Pferdchen und was es sonst Schönes und Kostbares gibt, wählen; denn dem Jungen dank' ich ja zum Teil die Entdeckung, und ich werde ihm etwas weh thun müssen. Doch unbesorgt! Er wird es kaum fühlen.«

Was hatte der sonderbare Mann nur wieder im Sinne?

Etwas Löbliches gewiß nicht!

Und weil sich die Schimmelin als Stellvertreterin der Mutter ihres Herzblattes fühlte, begehrte sie bescheidentlich zu wissen, was der Doktor dem Kinde anzuthun gedenke.

Da versetzte er verlegen und unfähig, der Alten frei ins Auge zu schauen:»Es ist nur wegen der größeren Menge des Elixirs, dessen wir bedürfen. Wollt' ich andere Kinder einem Aderlaß unterziehen, der Groß und Klein ja ohnehin wohlthut, man würde mich schwarzer Künste zeihen und vielleicht gar die Mücke zum Elefanten machen und mich zum Kindesmörder stempeln. Darum spendet der Junge wohl gern einige Tropfen des eigenen teuren Blutes, wenn er dafür etwas Schönes empfängt. Ich bin geschickt und mach' es schon so, daß es ihn nicht schmerzt.«

Wie aber die Schimmelin die Hände zusammenschlug, und Zeno das Gesichtchen weinend in ihre Röcke verbarg, fuhr der Doktor fort: »Nun, nun, es hat keine Eile, und es ist auch wohl besser, wenn ich es erst mit dem eigenen Blute versuche. So nehmt denn den Jungen, kaufet ihm das Zierlichste und Feinste und klopfet auch bei dem Herrn Notarius Winckler an. Er möge sich heute noch in die Drei Könige bemühen; denn ich hätte Wichtiges mit ihm zu bereden.«

Die Alte entzog das Kind nur zu gern den Händen des Vaters, dessen fröhliches Wesen ihr so befremdlich erschien wie sein Anschlag auf das Blut des Sohnes entsetzlich, und so schleppte sie den Kleinen schnell mit sich fort; der Doktor aber begab sich schwankenden Schrittes zuerst in die Küche und bereitete dort in einer halben Stunde eine neue Menge des Elixirs, das er mit dem eigenen Blute vermischte.

Und siehe, es übte die gleiche Wirkung wie das mit dem Lebenssaft seines Kindes!

Das freute ihn so, daß er vor Glückseligkeit strahlte; doch gönnte er sich keine Ruhe, sondern ging mit der Essenz, die er gestern gewonnen, in die Bücherei und schrieb dort und schrieb.

Um Mittag ließ er sich nur einen kleinen Imbiß reichen, den er am Pulte verzehrte. Dann aber fuhr er fort, Feder, Siegelwachs und Petschaft zu brauchen, bis der Notarius gegen Abend bei ihm eintrat.

Dem fiel er zum erstenmal in der langen Zeit ihrer Freundschaft um den Hals und bekannte ihm mit feuchten Augen und zitternder Stimme, daß er jüngst die glückseligsten Feierstunden des Lebens genossen; denn das große Werk, dem er sich schon zu Padua und Bologna ergeben, sei nun vollbracht, und die herrlichste Entdeckung aller Zeiten habe gestern den Abschluß gefunden.

Auch für die Wissenschaft des Notarius, die edle Rechtsgelehrsamkeit, würde eine neue Epoche beginnen.

Da unterbrach ihn der Freund, um Näheres zu erkunden, doch Melchior brachte es über sich, reinen Mund zu halten und übergab ihm nur die Phiole mit dem Elixir, das er vorhin in ein Schmuckkästlein der seligen Bianka von zierlicher welscher Arbeit sorgsam verpackt und dann in Pergament gewickelt, umschnürt und mit vielen Siegeln verschlossen hatte.

Hienach vertraute er dem Jugendgenossen auch die Briefe, die er geschrieben, bekannte ihm, daß seine Tage gezählt wären, gab ihm mancherlei Verordnungen und ließ sich endlich von ihm geloben, des Zeno als getreuer Vormund und zweiter Vater zu walten, falls er abgerufen würde.

Um Mitternacht trennten sich die Freunde tief bewegt; der Notarius aber berichtete daheim der Hausfrau, so strahlend und übervoll des höchsten Glückes hätte er noch keinen andern Menschen, geschweige denn den ernsten Melchior, gesehen, und sollte er von dem Glanz des Blickes und dem jugendlichen Feuer der begeisterten Rede auf die Lebensdauer des Freundes schließen, dann wären ihm noch viele schöne Jahre beschieden.

Doch was ihm an dem Doktor so wohlgefallen hatte, war nur das letzte helle Aufflackern der abgebrannten Lebenskerze gewesen.

Die großen Erregungen der letzten Tage hatten den siechen Mann überwältigt, und bevor noch der Morgen graute, hörte die Schimmelin ihn die Glocke rühren, und als sie bei ihm eintrat, saß er hochaufgerichtet und mit glühenden Wangen im Bette und forderte einen Trunk, weil ihn dürste.

Dabei hustete er heftig; doch als er sich an dem mit Wasser gemischten Wein erquickt, der in Welschland sein Lieblingsgetränk geworden, sagte er der Alten, daß er des Blutes seines Kindes nicht mehr bedürfe, weil sein eigenes genüge.

Dann fragte er, ob sich der Vater, bevor auch er das Elixir gefunden, die Hand verletzt, und als die Schimmelin dies betätigte, indem sie des zerbrochenen Glaskolbens gedachte, womit der Hofapotheker sich am Tage, der seinem Ende voranging, in den Finger geschnitten, lächelte er und sagte, nun sei auch dieser wunderbare Vorgang des Geheimnisses entkleidet; denn ein Tropfen des väterlichen Blutes habe den Weg in die Mischung gefunden. So löse sich Rätsel auf Rätsel, und bald werde auch das letzte, das ihm dunkel geblieben, von Licht umflossen werden. Nachdem er die Wahrheit in die Welt gebracht, wollte er gern dahin gehen, wo es immerdar sonnenheller Tag sei und es keine Lüge gebe und keinen Nebel und ihm der untergegangene Stern seines Lebens wieder aufgehen werde.

Dann murmelte er den Namen Biankas, schloß die Augen, ein heiteres Lächeln verklärte ihm das stille, hagere Antlitz, und während die von Husten und Fieberschauern erschütterte Brust ihm auf und nieder flog, rief er zu wiederholtenmalen wie ein Glückseliger vor sich hin: »Schwere Arbeit, köstlichster Lohn. Alles, alles erfüllt!«

Da sah die Schimmelin, daß seine letzte Stunde gekommen, und nachdem er das Sakrament empfangen, und die Alte die Hand des Sterbenden auf das Lockenhaupt des Sohnes gelegt, schloß er mit einem wonnetrunkenen Blick in das liebliche Antlitz seines Kindes die Augen.

Der Priester, der ihm das Sakrament gereicht, erzählte gern von dieser letzten Oelung; denn glückseliger und mit fröhlicherer Zuversicht habe er noch keinen Sterbenden dahingehen sehen.

Die Schimmelin weinte sich die Augen halb blind, und am dritten Tage nach dem Tode des Doktors Melchior Ueberhell wurde seine irdische Hülle mit stattlichem Gepränge zur Ruhe gebracht und an derjenigen Stelle in die Erde gesenkt, die er sich selbst bei Lebzeiten erwählet.

Zwischen seinem Weib und seiner Mutter erhob sich bald darauf der Hügel, der seinen Ruheplatz bezeichnete, und später blieben viele, die den Friedhof besuchten, an den Gräbern des Melchior und der Bianka stehen, maßen sich die Schlingrose, die er unter dem Kreuz der Herzliebsten gepflanzet, in wunderbarer Fülle ausbreitete und die Gräber des Mannes wie des Weibes mit gleicher Ueppigkeit und im Juniusmonde mit einer Blütenpracht sondergleichen umrankte.

In den Briefen, die der Doktor am letzten Tag seines Erdenwallens dem Notarius Winckler, dem Vormund seines Sohnes, übergeben hatte, verordnete er, daß selbiger oder derjenige, welcher ihm nachfolgen werde, dem Zeno am Morgen seines fünfundzwanzigsten Geburtstages das versiegelte Päckchen mit der Phiole nebst einem Schreiben übergeben solle.

In einem zweiten Brief mit dem Vermerk: »Falls mein Sohn Zeno vor dem Eintritt in das fünfundzwanzigste Lebensjahr schon das Zeitliche segnete, zu eröffnen,« ward dem Notarius mitgeteilt, welche Kraft dem Fläschlein innewohnte, und ihm anempfohlen, es dem Heil der Menschheit dienstbar zu machen.

In beiden Briefen, dem an Zeno und dem an den Notarius, lag die genaue Vorschrift, wie das Elixir herzustellen sei, nebst dem Rate, es an alle Universitäten und Fakultäten, sowie an die geistliche und weltliche Obrigkeit zunächst in seinen lieben Vaterländern Sachsen und Deutschland zu versenden, um es von dort aus zum Gemeingut des übrigen Erdenrundes zu machen.

Der Schimmelin hatte der Doktor die leibliche Pflege Zenos anvertraut, dem Notarius die Sorge für das geistige Wohl seines Kindes, und beide erfüllten an ihm nicht nur, was ihre Pflicht, sondern gaben noch ein gut Teil Liebe dazu, so daß die junge Waise sonder Harm heranwuchs.

Daß der Junge weder klüger noch einfältiger, stärker oder schwächer gedieh als die Schulgenossen, war der Schimmelin genehm; denn sie pflegte zu sagen: »Die haben' s im Leben am schwersten, bei denen man im Guten oder Bösen ›O Je!‹ sagt, wenn man ihnen begegnet.«

Der Alten gewährte es dazu besondere Lust, den Knaben recht schön herauszuputzen, und da er ein reich begütertes Kind war, machte ihr nichts Sorge für seine Zukunft als der fünfundzwanzigste Geburtstag, an dem er das Elixir des Vaters erhalten sollte, wovon sie, treu ihrem Eide, gegen jedermann schwieg.

Aber auch dieser Sorge meinte sie ledig zu sein, als es eines Tages Feuerlärm gab und sie erfuhr, daß in dem Oellager im Keller des Wincklerschen Hauses ein Brand ausgebrochen und das Quartier des Notarius von den Flammen verzehrt worden sei.

Aber sie hatte sich zu früh gefreut; denn nur die Briefe des Doktors Melchior an den Sohn und den Freund waren zu Asche geworden, und die wunderliche Alte konnte es dem braven Manne und gewissenhaften Vormund schwer vergeben, daß er unter großer eigener Gefahr das Kästchen mit der Phiole gerettet.

Ueber Zeno selbst weiß ich nichts zu vermelden, als daß er zu einem schmucken Burschen mit den großen schwarzen Augen der Mutter gedieh und viel auf prächtige Kleider und ein edles Roß hielt.

Im dreiundzwanzigsten Jahre hatte er es zum Doktor beider Rechte, im vierundzwanzigsten zur Aufnahme in den berühmten Gerichtshof der Leipziger Schöppen gebracht, und nun trieb ihn die steinalte Schimmelin samt seinem Pflegevater, dem Notarius, dessen Hausfrau inzwischen gestorben, eifrig an, sich eine Lebensgefährtin zu suchen.

Weil nun die Wünsche der Pfleger seinen eigenen begegneten, eilte er sich, und die Wahl fiel auf die Tochter des Schloßhauptmannes, die einen fürnehmen Namen führte, und deren zierlicher Putz bei den Tänzen auf dem Rathaus jedermann in die Augen stach.

Darob erschrak die Schimmelin ein wenig, maßen ihr eine ehrenhafte Jungfrau aus gut bürgerlichem Geschlecht passender für den Erben der heiligen drei Könige erschienen wäre; doch war am Ende für ihren Zeno die Schönste und Höchste nur eben recht, und nachdem sie von den Dienstboten des Schloßhauptmannes erfragt, daß ihr Fräulein von munterer Gemütsart und es wohl verstehe, durch das Geschick der eigenen Hände sich selbst und den großen Haushalt der Eltern, in dem es von Kindern wimmelte und der mit spärlichen Mitteln geführt werden mußte, ein ziemliches Ansehen zu geben, da meinte sie, ihr Gebet habe dem Zeno auf den ersten Anlauf die Rechte begegnen lassen.

Ihr Zureden stärkte denn auch dem Bürgersohne den Mut, und nach kaum drei Monaten wurde die Hochzeit mit großem Gepränge, mit Pauken und Trompeten gefeiert.

Der junge Ehemann ging einher, wie von Flügeln getragen.

Eine schönere und prächtigere Hälfte hätte er in ganz Sachsen nicht finden können, und wie sie ihm recht unwirsch geweigert, auch die Schimmelin zum Vermählungsfest zu laden, hatte er solches ihrem fürnehmen Umgang und Wesen zu gute gehalten. Es war auch zu keinem rechten Streite gekommen; denn die Alte hatte aus freien Stücken erklärt, daß es ihr genug sei, in der Kirche für das Gedeihen des jungen Paares zu beten.

Vom Hochzeitstage an hatte der junge Gatte vier Wochen lang nicht aufgehört, sich zu wundern, daß einem Menschenkind auf dieser Erde, die doch gar viele ein Jammerthal schalten, so große und schier paradiesische Glückseligkeit beschieden sein könne, und wenn sein heißes schwarzes Auge sich in dem kühleren blauen der Neuvermählten spiegelte und sie seine Zärtlichkeit minniglich, doch mit der ihr eigenen fürnehmen Zurückhaltung erwiderte, die ihn wie jungfräuliche Sittigkeit anmutete, wähnte er, der Himmel habe ihm vor allen Erdenlosen das beneidenswerteste beschieden.

So verging die Zeit, bis sein fünfundzwanzigster Geburtstag herankam. Da erwartete die junge Frau Ueberhellin mit noch größerer Neubegier als ihr Eheherr, was das versiegelte Päckchen enthielt, das der Notarius Winckler für sein Mündel bewahrte.

Am Morgen des Wiegenfestes hatte Rosalie, die das geringe Weiblein gern fern von sich hielt, die Schimmelin abweisen lassen, dem Notarius aber ging sie selbst entgegen, als sie ihn vor dem Hause gewahrte, das auf ihren Wunsch mit Stukkaturen und Vergoldungen reich geschmückt und mit einer Stallung für den Hengst Zenos und ihre beiden Zelter versehen worden war.

Der alte Herr brachte, was das Pärchen erwartete, und nachdem er berichtet, daß die Schreiben mit der Verordnung, die der selige Doktor Melchior diesem Kleinod beigegeben, leider ein Raub der Flammen geworden, und sodann die Siegel gelöst, die das Päcklein so lange verschlossen gehalten, klatschte Rosalie in die Hände; denn es zeigte sich zunächst ein zierliches Kästchen von fein geschnitztem Elfenbein mit güldenen Beschlägen.

Selbiges wurde behutsam geöffnet, und Zeno entnahm ihm einen Zettel, der auf rosenroter seidiger Watte ruhte und auf den Doktor Melchior mit großen römischen Lettern geschrieben: »Meinem Sohne Zeno Ueberhell. Nach meiner Angabe in dem beiliegenden Brief zu verwenden und später seinem ältesten Sohne am fünfundzwanzigsten Geburtstage zu überantworten, mit dem Geheiß, daß es so fort weiter gehalten werde vom Erstgeborenen zum Erstgeborenen bis auf den letzten – damit immerdar und, will's der Himmel, bis ans Ende der Tage, die Phiole, die dem Leben der gesamten Menschheit ein neues Ansehen zu geben und sie zum wahren Heile zu führen bestimmt ist, ein teurer Besitz des Ueberhellschen Geschlechtes verbleibe. Nach der beigegebenen Verordnung wird jeder erfahrene Scheidekünstler das Elixir in beliebiger Menge herzustellen vermögen. – Mein besonderer Segen ruhe auf Dir, mein Kind, und jedem Ueberhell, der als Fünfundzwanzigjähriger, das heißt als reifer Mann dies Fläschchen als köstlichstes aller Erbstücke in Empfang nimmt.«

Selbige Schrift verlas der Sohn Melchiors mit bewegter Stimme und so tief ergriffen von dem würdigen Ernst der väterlichen Rede, daß er nicht wahrnahm, wie seine junge Frau Liebste die Watte aus dem Kästlein zog, die Phiole mit neugierigen Blicken betrachtete und sodann den Hals, nachdem sie den gläsernen Stöpsel mit einiger Mühewaltung geöffnet, an das feine, keck nach oben gekehrte Näslein führte.

Aber sie schloß das Gefäß so schnell, wie sie es geöffnet; denn ihr ward ganz seltsam zu Mute, das Blut geriet ihr in sonderbare Wallung, und von einem inneren Zwange genötigt, rief sie, ohne des Herrn Notarius und der Klugheit, an der es ihr sonst nicht fehlte, zu achten: »Das also wäre Dein Erbstück? Ein buntes Gläslein, wie man's auf der Messe für zwanzig Heller ersteht, und darin etliche braune Tropfen, wovon niemand weiß, wozu sie gut sind, weil die Verordnung verbrannte.«

Da bemühte sich Zeno, dem der schrille Klang in der Stimme der Frau Liebsten, den er heute zum erstenmal hörte, weh that, sie zu begütigen, und während er ihr erklärte, daß das Elixir gewiß herrliche Wunderkräfte umschließe, und daß sie den Herrn Vater selig nicht dafür strafen möge, daß ein übles Ungefähr die erläuternde Schrift verzehrt, suchte er sie an sich zu ziehen; sie aber wies ihn unwirsch zurück und rief voll zornigen Eifers. »Selig nennst Du den Alten? Als ob ich nicht wüßte, daß er in allerlei höllischen Künsten und der schwarzen Magie ein Meister gewesen. Für solche Seligkeit dank' ich!«

Das waren schnöde Worte, und wie einer, der im hellsten Lichte wandelt und den plötzlich tiefes Dunkel überfällt, schrak er zusammen, und dabei war es ihm, als schwanke ihm der Boden unter den Füßen und als wollten die Kniee ihm brechen.

Da griff er nach der Phiole, um sich an dem Duft, der ihr entströmte, zu stärken, und während er ihn noch einzog, ward ihm auf einmal, als lichte sich die Finsternis, und hoch aufgerichtet und mit einer Würde, deren er selbst sich bis dahin nicht für fähig gehalten, folgte er der weiteren Rede Rosaliens.

So bleich er auch geworden und so schwer es ihn auch ankam, unterbrach er sie nicht, während die Macht des Elixirs sie zwang, frei zu bekennen, daß sie ihm das Jawort nur gegeben, weil er sich für seine geringe Herkunft gut trage und sie sich nicht zu schämen brauche, an seiner Seite durch die Stadt zu wandeln oder zu reiten. Sie hätte bei ihm großen Reichtum zu finden gehofft und erwartet, als seine Hausfrau nach eigenem Behagen leben und es dem Vater erleichtern zu können, die kleinen Geschwister aufzuziehen, wie ihr Stand es erheischte. Aber was sie gefunden, sei doch nur ein mäßiger Wohlstand, der eben genüge, ihr selbst ein behagliches Leben zu sichern, und dafür habe sie sich an einen aufgeputzten Täuberich gekettet, dessen ewiges Gegirre ihr von Tag zu Tag lästiger falle. Heute sei nun auch die Hoffnung auf jene Ueberfülle des goldenen Segens, die man doch sonst oft genug im Hause der Schwarzkünstler finde, zu Schanden geworden, und wenn es nicht wegen der Leute wäre, ginge sie je eher desto lieber wieder nach Hause.

Mit diesem Wunsche schloß Rosalie atemlos ihre Rede und schaute sich dann erstaunt über sich selbst und ihre wunderbare Offenheit, die sie jetzt schon mit aller Bestimmtheit als unklug und verderblich erkannte, im Kreise um.

Dabei begann die sonderbar fürnehme Gelassenheit des beleidigten Eheherrn und sein leichenfahles Antlitz ihr die Ruhe zu stören, und das Mißbehagen wuchs zu peinigender Angst, als Zeno eine gute Weile still blieb, bevor er anhob: »Ich habe Dich heiß und mit redlicher Minne geliebt, Weib; nun aber gibst Du nur zu erkennen, wie meinem Herzen erwidert wurde, was es Dir schenkte. Recht hast Du wohl darin, daß ich bisher an nichtigen Dingen zu großes Gefallen fand; doch gerade dafür wurde ich am schärfsten gezüchtigt; denn wär' ich statt in gleißendem Sammet in ehrlicher Wolle Dir entgegen getreten, so hätte mich das schwere Unheil nimmer getroffen, mit einem Weibe von Deiner Art verbunden zu sein. Aber da ich um Dich warb, leitete auch mich keineswegs echte Minne, sondern der elende Kitzel, die Tochter eines fürnehmen Geschlechts in mein bürgerlich Haus zu führen. So haben wir uns beide betrogen, und begehrst Du dahin zurück, von woher ich Dich nahm, so magst Du mein Haus ungehindert verlassen.«

Da schlug die junge Frau die Hände vor das Antlitz und rief: »Nein, nein! Es ist daheim bei den Meinen zu elend und ärmlich, und das ewige Ringen, den Schein zu wahren, es hat mich zu gräßlich gemartert. Und dann. – Was werden die Leute? . . . Nein, nein! Ich will alles thun, um Dich zufrieden zu stellen.«

»So bleibe,« versetzte er dumpf; die Schimmelin aber, die längst in das Gemach gedrungen war, wandte sich an den Notarius und raunte ihm zu: »Der Herr Hofapotheker selig war der Meinung, ich hätt' einen kurzen Verstand, und dennoch sah ich schon vor dreißig Jahren voraus, was sich heute erfüllet.«

Dann drang sie in Zeno, das Elixir in die Pleiße zu gießen; doch zum erstenmal behauptete er fest den eigenen Willen, schob die Phiole mit der Schrift seines Vaters in die Brustöffnung des Gewandes, nahm den greisen Notarius unter den Arm und verließ mit ihm das Gemach.

Die Schimmelin folgte ihnen bald, und drunten im Hausflur blieb sie stehen, schüttelte bedenklich den grauen Kopf und murmelte vor sich hin: »Der Doktor Melchior war ein so kluger Mann. Warum hat er nur nicht verordnet, daß jeder seiner Nachkommen die Jungfrau, die ihm just zusagt, bevor er sie um das ›Ja‹ fragt, an dem Elixir riechen lasse. Ich habe mit dem Vorkel und meinem zweiten, der nun längst bei den anderen Schimmeln auf dem Friedhofe rastet, auch nicht im Paradiese gelebt; doch auch für Zeno und seinen Unhold beginnt jetzt schon lang vor dem Tode die übele Hölle.«

Aber diesmal wäre die Schimmelin um ein kleines mit ihrer Voraussagung auf den Holzweg geraten; denn wohl gingen die Ehegenossen anfänglich fremd und grollend neben einander her, doch lernte Frau Rosalie mit einer Scheu, die ihr doch gut that, zu ihrem Herrn aufschauen; denn seit er an dem Elixire gerochen, war er zu einem strengen Manne geworden, dessen schlichte Tracht dem neuen Ernst seines Wesens wohl stand.

Als dem jungen Paare aber, bevor das Jahr verrann, ein liebliches Knäblein geschenkt wurde und Rosalie sah, wie er das Kleine auf den Arm nahm und es herzte, rief sie ihn an ihr Lager und bat ihn leis mit dem bleichem Gesicht, das ihm immer noch holdseliger erschien als jedes andere: »Vergib mir.«

Da winkte er ihr Gewährung zu, küßte ihr die Stirn, ging auf seine Kammer, roch an dem Elixir, über dessen Kraft und Verwendung ihn die Schimmelin längst unterrichtet hatte, und rief dann laut und als rede er zu einem andern: »Wenn sie gut gegen das Kind ist, brauch' ich sie nicht länger fühlen zu lassen, was sie mir anthat; doch verschmerzen kann ich es nimmer.«

Aber es war ihm nicht vergönnt, ihr durch die That zu beweisen, daß er ihr vergeben; denn schon in der nächsten Nacht kamen die Gichter über sie, und da die Sonne aufging, gab sie den Geist auf.

Ihre heiße Hand hatte, bevor ihr das Herz zum Stillstand gelangte, in der seinen geruht und sie gedrückt wie zum Abschied.

Die Schimmelin folgte bald dem unglücklichen Weibe ihres Lieblings, und ihr Tod war leicht und freundlich gewesen, weil Zeno ihr in der letzten Stunde die abgezehrte Hand gehalten und von der Zeit gesprochen, in der sie ihn mit dem schönen blauen Kleidchen geputzt. Er drückte ihr auch selbst die Augen zu und folgte ihrem Sarg auf den Friedhof.

Der Notarius blieb dem Witwer, der allein mit dem Sohne in den Drei Königen hauste, ein treuer väterlicher Freund und half ihm bei seinen vielfachen Versuchen mit dem Elixire.

Dabei ergab es sich, daß die Essenz nur auf diejenigen wirkte, die zu den Ueberhells gehörten; solches aber war dem Zeno fast schmerzlich; denn er hielt die Wahrheit hoch und hatte von dem alten Freunde seines Vaters vernommen, wie Großes der Verstorbene von seiner Entdeckung für die gesamte Menschheit erwartet; auch war seine Hoffnung zu Schanden geworden, es bei seiner Amtsthätigkeit benützen zu können, um verstockte Sünder zum Reden zu bringen.

Damit war es nun nichts, und der Notarius und sein Pflegesohn meinten, der Umstand, daß die Kraft des Elixirs sich nur noch an den Ueberhells bewährte, erkläre sich daraus, daß die Essenz ihre Wirkung dem Blut eines Menschen aus selbigem Geschlecht verdanke.

Freilich übte sie – das ging aus Frau Rosaliens Verhalten hervor – ihre Macht auch auf die Angeheirateten, die den Namen Ueberhell führten; daß das Elixir aber einmal die Schimmelin zum Bekennen der Wahrheit gezwungen, das bewies, daß der Hofapotheker doch wohl etwas anderes als das eigene Blut dem Elixir beigegeben – denn die Haushälterin war sicher nicht mit dem Alten ehelich verbunden gewesen.

Wie dem auch sei. Jedenfalls wohnte dem Elixir eine wundersame Kraft inne. Jedenfalls verwandelte es den Sohn Melchiors in einer alles Glaubliche weit übersteigenden Weise; denn aus dem leicht lenkbaren und allem Ergötzlichen holden Jüngling wurde ein in sich gekehrter Mann mit einsiedlerischen Neigungen, von dem es hieß, er sei der strengste unter den Leipziger Richtern.

Hoch und Gering zog achtungsvoll vor ihm den Hut, doch erwarb er sich wenig Liebe.

Wenn er auf dem Rathaus weit über die Pflicht hinaus geschafft, blieb er ungesellig daheim, und niemand suchte ihn auf, um sich mit ihm die Zeit zu vertreiben; denn man fürchtete die schroffe, rauhe Offenheit seiner Rede. Dem geselligen und frohsinnigen Notarius aber schnitt es ins Herz, wenn er den Pflegesohn den harten Ueberhell oder »die Sündergeißel« nennen hörte, und auch ihm gelang es nicht, ihn aufzuheitern und in den Kreis seiner Freunde zu ziehen.

Als auch ihn, aus dessen Munde Zeno oft bittere Worte über das Elixir vernommen, der Tod abgerufen hatte und der Sohn Doktor Melchiors sich sagen mußte, daß ihm der Trieb, alles, was er für wahr hielt, rückhaltslos herauszusagen, immer mehr Feinde weckte, fragte sich der vereinsamte Mann, ob es nicht dennoch geraten sei, die Essenz, deren Kraft ihm so wehe gethan, zu vernichten und sie seinem Sohn und dessen Nachkommen zu entziehen.

Aber der strenge Hüter des Gesetzes fühlte sich nicht berechtigt, der Verordnung des Vaters entgegenzuhandeln, und so wurde das Elixir seinem Sohne am fünfundzwanzigsten Geburtstage von dem ihm bestellten Vormunde übergeben; denn er selbst ging von hinnen, bevor sein einziges Kind zu diesem Alter gelangt war.

Was den zweiten Melchior Ueberhell nun angeht, dessen beklagenswertes Schicksal . . .

Hier bricht die Erzählung ab, die der Sohn eines Freundes, als er auf dem Boden der Drei Könige spielte, in einer alten Truhe auffand. Sie füllte ein vergilbtes Heft, das vor dem Zahn der Mäuse und dem Wurmfraße bewahrt geblieben, weil es unter stark duftenden Kräutern und Droguen gelegen, die wohl noch aus der Offizin des alten Hofapothekers stammten.

Zwischen den letzten Seiten dieses Heftes, das mir anvertraut wurde, und dem Umschlag fand sich aber noch der Bericht eines späteren Ueberhell.

Er ist kaum früher als am Ende des vorigen Jahrhunderts verfaßt, wie das Papier und die regelmäßige ansprechende Handschrift, sicherer aber noch die Erwähnung der Kuhpockenimpfung als einer neuen Entdeckung beweist; denn die stammt aus dem Jahre 1796, und in London hatte es schon drei Jahre später ein Impfinstitut gegeben, von dem ein Leipziger Professor der Arzneikunde unterrichtet sein mußte.

Diese Mitteilungen sind »Doktor Ernst Ueberhell, Professor der Arzneikunde«, unterzeichnet; ihr Inhalt aber lautet wie folgt:

Seit demjenigen meiner Vorfahren, dem wir die in diesem Hefte aufbewahrte wunderbare Geschichte des Elixirs verdanken, das lange Zeit in meinem Geschlecht von einem auf den andern vererbt wurde, sind etliche Saecula vergangen.

Viele Ueberhells schlossen seitdem die Augen, und das Grab Doktor Melchiors und seiner schönen Ehehälfte ging bei der Umgrabung des alten Friedhofes verloren. Dagegen wird das mit dem Rotstift vollbrachte Bildnis der Frau Bianka mit dem Zeno-Knäblein heute noch als wertes Familienstück verwahrt, und es ist für meinen Vater selig der erste Anlaß geworden, sich in seiner edlen Kunst zu üben.

Unser Ahnherr, der Doktor Melchior, hatte die beste Kraft eingesetzt, um ein Wohlthäter seines Geschlechtes, vielleicht sogar der gesamten Menschheit, zu werden; doch leider sollte er mit nichten erreichen, was er erstrebt; denn zu meiner Kümmernis muß ich bekennen, daß es wohl in erster Reihe dem Elixir zuzuschreiben ist, wenn sich mancherlei Unliebsames an unsern guten Namen hängte und der Leumund meines alten Geschlechtes sich nicht eben rühmlich gestaltete.

Die meisten Ueberhells wurden nämlich der Anmaßlichkeit und Selbstüberhebung, der Rechthaberei und bitterer Streitsucht bezichtigt. Viele haben sich auch den Nächsten durch kränkende Urteile und harte Anklagen lästig und feindlich erwiesen, sich selbst aber durch ein wunderliches Zurschautragen der eigenen Fehler zu Schaden gebracht.

Unser Geschlecht wich dazu durch unmilde Schroffheit und durch kränkenden Mangel an wohlwollender Rücksicht so weit von den Gliedern der besseren Kreise unserer guten und gesitteten Stadt ab, daß das harte Wort von Mund zu Mund ging, es gebe zu Leipzig Männer, Frauen und Ueberhells.

Meine Vorfahren haben darum wenig Liebe und viel Abneigung und Feindseligkeit geerntet, und so kam es, daß auch ihr Wohlstand abnahm. Selbst die heiligen drei Könige in der Katharinenstraße, die indes längst diesen Namen einbüßten, während er sich an ein anderes Haus knüpfte, gingen uns verloren, bevor mein Vater selig sie wieder erwarb, und daß die Voreltern nicht noch weiter herabkamen, das danken sie wohl vorzüglich der Scheu, ja der Furcht, die sie vielen einflößten.

Von manchem meiner Ahnen – und sie bedienten sich sämtlich im fünfundzwanzigsten Lebensjahre des Elixirs – brachte ich Näheres in Erfahrung; von keinem aber, daß er ein glücklicher und zufriedener Mann gewesen wäre, außer von *einem*, und das war der Maler Johannes Ueberhell, der seltene Mann, dem ich das Leben verdanke.

Der verlor den Vater beizeiten und wurde von seiner braven Mutter, einer Witib, unter Not und Thränen durchgebracht und erzogen; auch hat sie das letzte Geschmeide und Silber aus der alten, guten Zeit drangegeben, um es ihm zu ermöglichen, bei einem wackeren Meister zu Dresden den Pinsel führen zu lernen.

Er war ein rechtschaffener Bursch mit einem Herzen sonder Harm und einer so heiteren Seele, daß Betrübte das Leid vergaßen, wo sich nur sein sonniges Angesicht zeigte.

Schon als Kind – das haben wir aus dem Mund der Großmutter selig vernommen – war er trotz der bitteren Armut, in der er heranwuchs, so heiteren und erkenntlichen Gemütes, daß er sich ein eigenes Gebetchen ersann, in dem er dem Herrgott fröhlich dankte, daß er ihn erschaffen.

Dieser Mann ist denn auch ohne das Elixir schon als Kind treu und wahrhaftig gewesen wie einer, aber er hat sich seiner dennoch bedient, und ihm gereichte es zu großem Segen. Als fröhlicher und doch bescheidener und im Verkehr mit anderen, die nicht seine Altersgenossen, sonderbar schüchterner Bursch war er mit einen leichten Ränzlein und fünfzig Thalern in der Tasche über die Alpen in das Land Italia gewandert und in Rom als Gesell bei einem fürnehmen Meister untergekommen. Den brannte bald der Neid wegen der großen Kunst meines Vaters; auch war er bestrebt, des Alten und anderer deutschen Künstler Arbeiten, mit denen sie sich um einen hohen Preis bewarben, zurückzusetzen, um ihn geringeren Malern welschen Blutes zuzuwenden. Anfänglich fand nun der Vater wegen der übelen Befangenheit, deren er nicht aus eigener Kraft Herr zu werden vermochte, nimmer den Mut, solcher Unbill entgegenzutreten, bis er, wie das Mütterlein daheim es ihn geheißen, am fünfundzwanzigsten Geburtstag sich des Elixirs bediente.

Dies verlieh ihm dann nicht nur das Vermögen, sondern nötigte ihn sogar mit unwiderstehlicher Macht, die Wahrheit laut zu verkünden und die Ungerechtigkeit beim rechten Namen zu nennen.

Dadurch kam es zu einer ernstlichen Untersuchung dieses Handels, und die neu ernannten Richter erkannten dem Johannes Ueberhell einmütig den Preis zu, mit dem ein ehrender Auftrag verbunden. Nachdem man aber einmal erkannt, was er vermochte, stieg er schnell zu hohem Ansehen und wurde der vielgepriesene Meister, als welcher er schon in jungen Jahren weithin berühmt ward.

Auch im späteren Leben dankte dieser seltene Mann dem Elixir nur das Beste; denn weil seine Seele so lauter war wie helles Kristall und er jedermann nur Gutes wünschte, konnte er getrost heraussagen, was ihn bewegte.

Seine Augen hielten nichts fest, als was schön, und das Schöne und Wahre war ihm eins. So that denn auch sein Auge und Mund den anderen nichts kund, als was gefällig erschien und erfreulich. Drängte sich ihm aber einmal das Schlechte und Niedrige auf, so konnte er es freilich zu Boden schmettern als echter Ueberhell; doch das geschah selten, weil sein geflügelter Geist ihn hoch darüber hinwegtrug und das Gemeine und Unsaubere ihn abstieß.

Ja, der Vater war ein glückseliger Mann, und daß das Elixir wesentlich dazu beitrug, will ich nicht leugnen; denn wenn es ihn zwang, das Innerste nach außen zu kehren und den Leuten mit aller Wahrhaftigkeit zu zeigen, was in seiner Künstlerbrust vorging, so wurden ihnen Einblicke in eine Welt eröffnet, so sonnig, rein und von überirdischer Herrlichkeit, wie sie ihre blöden Augen sonst nimmer zu schauen bekamen.

Darum suchten die Besten ihn auf und schlossen sich an ihn, und je mehr Güte ihm zu teil wurde, desto besser und weiser ist er geworden.

Nun möchte wohl männiglich denken, daß er, dem das Elixir sich so günstig erwies, es besonders hoch gehalten und es den Kindern und Enkeln fleißig zu nützen geboten hätte; doch ist es damit ganz anders ergangen.

Nachdem ich nämlich die hohe Schule verlassen und die Venia erhalten, als Magister an der hohen Schule zu Leipzig die edle Arzneikunde zu lehren, berief er mich in der Vakanzzeit nach Rom, wo er immer noch lebte, und wenige Wochen vor dem Beginn des fünfundzwanzigsten Lebensjahres ritt ich in die Porta del Popolo ein.

Am Abend nun, der meinem Wiegenfeste voranging, holte er die Phiole hervor, wies sie mir und frug, was ich über die Verse denke, die er auf ein Schildlein geschrieben, das er an der Flasche befestigt.

Da las ich sie denn, und sie lauteten also:

>>Hegt nur in dankbarer Brust das Kleinod der lauteren Wahrheit,
Freut euch der herrlichen Macht, die sie zu reden euch zwingt,
Wahr sei, was ihr auch denkt, doch achtet der Lehre des Alten:

Weislich verschweiget auch viel, was als wahrhaftig ihr schätzt.«

Da war es mir, als fielen mir Schuppen von den Augen, und ich erkannte, was den Ueberhells einen so übelen und gefürchteten Namen unter den Mitbürgern bereitet.

Morgen sollte auch ich mich des Elixirs bedienen, und ich fragte den Vater: »Aber wenn die Kraft der Essenz nun auch mich unwiderstehlich zwingt, alles Wahre, wie es auch heiße und ob es mir auch widerstrebe, nur weil es eben wahr ist, zum eigenen Verdruß und Schaden und anderen zum Aergernis herauszusagen?«

Da versetzte er ernst: »Das Wahre? Hat sich denn jetzt schon die rechte Antwort auf die alte Frage: ›Was ist Wahrheit?‹ gefunden? Weißt Du denn je, ob der großen und edelen Himmelstochter entspricht, was Dein kleiner, irrender Menschengeist für das Wahre und Richtige hält?«

Die nämlichen Bedenken hatten mich auf dem Ritt über die Alpen schon selbst beunruhigt, und so rief ich ihm denn zu: »Das ist eben die schwere Gefahr, die dem Elixir innewohnt! Es schärft in der Seele die Zuversicht, daß sie der vollen Wahrheit vermittelst eines Zaubers teilhaftig sei, während ihr doch nur die Fähigkeit innewohnt, sie zu suchen.

Es verleitet uns auch, anderen aus voller Ueberzeugung aufzudringen, was wir für wahr halten, sie zu verachten und zu strafen, wenn sie sich zu abweichenden Meinungen bekennen. Dich machte das Elixir zu einem glücklichen Mann, mein Herr Vater, weil in Dir alles gut ist und rein, und weil das Schöne, in dem und wofür Du lebst, jegliches adelt und den Menschen genehm macht, was von Dir ausgeht. Aber viele Geschlechter mußten dahinsterben, bevor Du erschienest, um die Kräfte der Essenz zu Ehren zu bringen. Ich selbst bin schon von geringerem Schlage, und wie meine Kinder, wenn mir solche beschieden sein sollten, geraten werden, wer kann es wissen? Der Mensch, der in dieser Welt, wo alles sich verbirgt und seine Rede bemäntelt, allein gezwungen ist, herauszusagen, was er für wahr hält, der gleicht einem Streiter, der ohne Schild und Harnisch gegen Gepanzerte kämpft. Darum, mein viellieber Herr

Vater, widerstrebt es mir mächtig, mich morgen des Fläschleins zu bedienen.«

Da lächelte der Alte und versetzte: »Rieche nur getrost hinein, mein Erneste; denn es sei Dir vertraut, daß ich die Essenz in den Tiber schüttete, an dessen Ufer so viel nach Wahrheit gesucht wurde und so mancher das Wahrheitselixir bei sich zu führen vermeinet. Mit Wasser und mit einem Tropfen stark duftender Myrrhen füllt' ich darauf die Phiole; das Wasser aber nahm ich aus der fontana Trevi. Du weißt doch, daß diesem Brunnen die Kraft innewohnt, Sehnsucht zu wecken, – zunächst freilich nur nach der ewigen Stadt, vielleicht aber auch in unserer Phiole nach der ewigen Wahrheit. Lassen wir unseren Nachkommen das Fläschchen! Sie mögen sich seiner schon in jungen Jahren bedienen und zu gleicher Zeit das Sprüchlein dem Gedächtnis einprägen, das daran haftet. Wenn dann das harmlose Naß, das es enthält, und die Lehre und das Beispiel der Eltern die Sehnsucht nach der Wahrheit in ihnen wecket, dann haben wir besser für sie gesorgt als weiland der Doktor Melchior Ueberhell für diejenigen, welche unsere Vorfahren waren.«

»So denke auch ich,« versetzte ich dankbar. »Aber,« fügte ich hinzu, »hast Du, Vater, indem Du das Elixir in den Strom gossest, Dich nicht des wirksamsten Hilfsmittels beraubt, in Deinen Schöpfungen der Wahrheit unbedingt treu zu bleiben?«

Da schüttelte der Alte das Haupt und versetzte: »Laß die Essenz nur schwimmen! Das Wahre der Ueberhells, das nämlich, was der Einzelne für wahr hält, ist doch nur ein nichtiges, und, pocht man darauf, ein gefahrbringendes Ding. Nur wo der Geist aus den flüchtigen Erscheinungen in der Natur und im Leben ein Gesetz zieht, entgeht er der Gefahr, das hinfällige und wechselnde Wirtliche für die unvergängliche und sich ewig gleichbleibende Wahrheit zu halten. Darum bereue ich keineswegs, was ich that. Ich habe auch damit für meine Enkel, die etwa Künstler werden, die Gefahr beseitigt, dem Irrtum zu verfallen, das Höchste sei ihnen gelungen, wenn es nur glückte, ein Ding ganz, wie es ihnen zufällig in der Wirklichkeit begegnete, mit all seinen Flecken und Schäden so treu nachzubilden, wie es nur angeht. Von dem besten Spiegelglas könnte man wähnen, es stelle seine Bilder mit Hilfe unserer Essenz dar; – um ein echtes und im höheren Sinne wahres Kunstwerk zu schaffen, bedarf es anderer Kräfte.«

Damit tilgte der Alte die letzte Spur meines Bedauerns wegen des Verlustes unseres Elixires, und meine Knaben und Enkel, die bereits zu Männern heranreiften, brachten es denn auch mit Gottes Hilfe dahin, daß heute Mann und Weib in Leipzig wieder gern mit den Ueberhells verkehret.

Zum Schluß möchte ich nur noch eines bekennen:

Ich erwähnte schon, daß ich Arzt bin, und wie nun neulich aus England die Kunde kam von der Kuhpockenimpfung, und ich sah, wie ein Tröpfchen davon das ganze Blut des Menschen durchdringt, bedauerte ich doch ein wenig, daß der Vater das Elixir fortgoß. Besäße ich es noch, würde ich eine Probe damit machen, und es mir, trotz meiner hohen Jahre, ins Blut impfen. Der Geruch der Essenz hatte nur auf die Zunge gewirkt, und daher ihre verderbliche Wirkung – wäre es aber möglich gewesen, den ganzen Menschen mit dem Wahrheitsdrange zu durchdringen und zu durchtränken, dann, ja dann! . . . Auch zu wahrer Selbsterkenntnis, die der inneren Läuterung Anfang, wären wir dann wohl gelangt. Eines auch, das will ich bekennen, gereicht mir jetzund, und wie die Dinge nun einmal gekommen sind, zum Trost: Ein Geschlecht, das sich durch so viele Generationen gezwungen sah, der Wahrheit zu dienen, bei dem muß sie doch wohl endlich eine erbliche Eigenschaft werden, wie das lange Anhalten des Atems bei den Geschlechtern am persischen Meerbusen, die Perlenfischerei treiben.

Nachschrift.

Da kam meine Enkelin Bianka, die seit drei Tagen die Braut des jungen, wackeren Karl Winkler, der ein Nachkomme des alten Notarius Anselmus, um den Alten zu begrüßen.

Weil mich aber der Schlaf übermannet, las sie ungestört das Heft, das mir aus den Händen gesunken war, bis ans Ende.

So wäre denn das Geheimnis verraten; denn daß sie es wenigstens ihrem Herrn Bräutigam vertraut, daran wäre kaum billig zu zweifeln.

Sie zeigte sich übrigens froh, daß das Elixir aus der Welt ist; doch behauptete sie kecklich, daß wenn etliches Blut der Frau Bianka, deren Namen und Züge sie trägt, statt des Lebenssaftes des kleinen Zeno in das Elixir gekommen wäre, oder wenn auch die Ueberhellschen Frauen die Essenz zu riechen bekommen hätten, es mit unserer Sippe anders und besser gekommen wäre.

Im Reiche der Anmut, sagte sie, gebiete das Weib, und zu Leipzig und überall würde die strenge Königin Wahrheit nur dann außer gehorsamen Unterthanen auch warme und zärtliche Verehrer finden, wenn sich *Herzensgüte*, wie bei dem Großvater, und *Anmut* mit ihr verbände.

Vielleicht ist sie nicht ganz im Unrecht, wenn gleich die Frauen . . .

Aber auch Griechen und Römer gaben ja der Wahrheit die Gestalt eines Weibes.

Die graue Locke.

Ein Märchen.

Es war einmal ein Land, das war das schönste von allen Ländern, und das Schloß des Herzogs, dem es gehörte, lag an einem See, der war so blau, kein Blaufärber hätte ihn blauer färben können.

Einmal, vor langer, langer Zeit, war der Ritter Wendelin mit seinem Knappen Jörg an diesen See gekommen und hatte an seinen Ufern nichts gefunden als wüste Heide und nackte Felsen. Aber das Land mußte früher ein anderes Ansehen gehabt haben; denn an manchen Stellen lagen zerbrochene Säulen und marmorne Statuen mit abgebrochenen Nasen und Händen ringsumher. An den Berglehnen gab es noch altes Gemäuer, das früher wohl fruchtbare Erde und Weinstöcke getragen haben mochte; aber der Regen hatte längst die Bodenkrume von den Felsen gewaschen, und in den zusammengesunkenen Bauwerken und eingestürzten Kellern hausten jetzt Füchse, Nachtvögel und anderes Getier.

Der Ritter war kein Grübler; wie er aber Umschau hielt, dachte er doch: »Was hier wohl vorgegangen sein mag?«; und der Knappe dachte dasselbe und folgte seinem Herrn. Der führte sein Rößlein an das Ufer des Sees, um es zu tränken; denn es fehlte zwar nicht an Wasserbetten im Lande, aber es gab in ihnen nichts als nackte Steine, grauen, ausgetrockneten Gries und Streusand für so viele Schreiber, wie Fische im Meer sind.

»Wenn der See nun salzig schmeckte wie das tote Meer im heiligen Lande?« frug der Ritter; und der Knappe versetzte: »Pfui tausend, das wäre!«

Während jener hienach die Hand zum Munde führte, um das Wasser, das ja leider keinenfalls Wein war, zu kosten, hörte er auf einmal ein wunderliches Getön. Das klang sehr jammervoll und betrübt, aber doch weich und lieblich. Es schien von einem arg gequälten Weibe zu kommen, und das war dem Ritter gerade recht; denn er war ausgezogen, um Abenteuer zu suchen.

Er hatte auch manches glücklich bestanden, und an Jörgs Sattel hingen die Schwanzspitzen von sieben Lindwürmern, die sein Herr schon erlegt. Aber eine Frau mit schöner, rührender Stimme in großer Gefahr, – das war ein seltener Fund und dem Ritter auch noch nie in den Weg gekommen. Der Knappe sah ihm das helle Vergnügen aus den Augen leuchten, rieb sich die Stirn und dachte: »Heulen möchte man über den Jammer; aber was so einen Ritter nicht alles freut!«

Das Wasser des Sees war indes gar nicht salzig, ja absonderlich süß, und als Wendelin die Grotte erreicht hatte, aus der die singende Stimme kam, da fand er eine junge Frau, die viel schöner war als alle Weiber, die er und der grauköpfige Jörg jemals gesehen. Wohl sah sie bleich aus, aber ihre Lippen schimmerten so feucht und rot wie Erdbeerfleisch, ihr Auge war blau wie der Himmel im heiligen Lande, und ihr Haar glänzte so licht wie lauter Sonnenstrahlen. Dem Ritter schlug das Herz bei ihrem Anblick sehr hoch, und er konnte gar nichts sagen, aber er bemerkte doch, daß sie Ketten an Händen und Füßen trug und daß ihr schönes Haar um einen smaragdenen Reifen, der von der Decke der Grotte niederhing, geschlungen war; sie aber nahm weder seiner noch des Knappen wahr, der die Hand über die Augen hielt, um sie besser zu sehen.

Da faßte Herrn Wendelin heißer Ingrimm; denn aus den großen Augen der Frau rollten viele Thränen auf das Kleid, das schon so naßgeweint war, als hätte man sie eben aus dem See gezogen.

Wie der Ritter auch dies bemerkte, wurde er noch mitleidiger, als er vorher zornig gewesen, und Jörg, ein weichmütiger Mann, mußte laut schluchzen; denn das Weib hatte ein gar zu rührsames Ansehen. So klang denn des Ritters Stimme bewegt genug, als er die Gefangene anrief und ihr sagte, daß er ein Deutscher sei, Wendelin heiße und ausgezogen sei, um Drachen zu töten und für jeden das Schwert zu ziehen, der Unrecht erleide. Er habe schon manchen Strauß bestanden und verlange nichts Besseres, als für sie zu kämpfen.

Da hörte sie auf zu weinen, aber sie schüttelte, soweit das gefesselte Haar dies zuließ, traurig das Haupt und sagte: »Mein Feind ist zu mächtig. Du bist ein schöner, jungem Gesell und gewiß der Liebling einer Mutter zu Hause, und ich will nicht, daß es auch Dir wie den anderen ergehe. Sieh den Nußbaum dort! Die weißen Kürbisse an den nackten Aesten, das sind ihre Schädel. Zieh schnell Deines Weges; denn der böse Geist, der mich gefangen hält und nicht freigeben will, bis ich ihm gelobe, sein Weib zu werden, kommt bald zurück. Er heißt Misdral und ist sehr stark und mächtig. Seine Wohnung ist das wüste Felsenland drüben am nördlichen Ufer des Sees. Habe Dank für den guten Willen und ziehe weiter.«

Doch der Ritter folgte diesem Rat mit nichten, sondern trat, ohne viele Worte zu machen, auf die schöne Frau zu und erfaßte ihr Haar, um es von dem Ringe zu lösen; wie er aber den Smaragd berührte, züngelten ihm zwei braune Schlangen entgegen.

»So,« sagte Herr Wendelin, schlug die eine Hand mit einem wuchtigen Griff um die Hälse und die andere um die Schwänze der Vipern, riß sie auseinander und schleuderte sie auf die Klippen am See.

Als die Gefangene das sah, atmete sie auf und sprach: »Nun glaube ich, das es Dir gelingt, mich zu befreien. Zieh mir den Ring von der Hand!«

Der Ritter gehorchte, und als er die Finger der Frau, die dünn und spitz waren, berührte, wurde ihm sehr wohl und warm ums Herz, und er würde sie gern geküßt haben; aber er streifte ihr nur den Ring ab, und wie er dann versuchte, ihn an die Spitze des eigenen kleinen Fingers zu zwängen, sprach das Weib: »Wenn Du ihn drehst, wird er Dich in einen Edelfalken verwandeln; denn wisse . . . Aber wehe uns . . . Wo das Wasser dort aufbraust, da kommt er geschwommen.«

Kaum hatte sie dies gesagt, als aus dem See ein gräßliches Ungetüm emporschnob. Das sah aus wie morscher, grauer Bimsstein. Zwei Kröten schauten ihm aus den Augenhöhlen, statt des Haares floß ihm brauner Seetang in wüstem Gewirr triefend über Nacken und Stirn, und statt der Zähne trug es lange eiserne Nägel im Maule, die einander über den Lippen kreuzten.

»Ein schöner Freier,« dachte der Knappe. »Wenn der steinerne Bursche kein weiches Stellchen am Leibe hat, komm' ich sicher um meinen Dienst.«

Der Ritter hatte ähnliche Gedanken und ging darum dem bösen Geiste nicht mit dem Schwerte zu Leibe, sondern hob ein mächtiges Granitstück vom Boden und schleuderte es dem Riesen gerad an die Stirn. Da nieste der und fuhr sich mit der Hand über die Augen, als habe er eine Fliege zu wehren. Dann schaute er sich um, und als er den Ritter bemerkte, wieherte er laut auf und verwandelte sich in einen feuerschnaubenden Drachen. Das freute Herrn Wendelin; denn mit solchem Gewürm zu kämpfen, war ihm eine liebe Gewohnheit; doch kaum hatte sein gutes Schwert in die Weiche des Ungetüms eine blutende Wunde gestoßen, als sich der Gegner plötzlich von der Erde erhob und in Gestalt eines Greifen auf ihn eindrang. Nun wurde die Gegenwehr schwer; aber Herr Wendelin fürchtete sich nicht und wußte Arm und Schwert zu brauchen, auch als ihn der böse Geist in vielen anderen wechselnden Gestalten bedrängte. Zuletzt merkte der Ritter dennoch, daß die Kraft ihm erlahmte. Das Gewicht des Schwertes schien sich zu verhundertfachen und ein Zentner an jedem seiner Glieder zu hängen. Dem Knappen ward es dabei schwül ums Herz, und er hielt es für geraten, abseits zu reiten; denn das Ding konnte diesmal schlecht enden. Dem Ritter wankten bereits die Kniee, und als der Riese, der die Gestalt eines Einhorns angenommen hatte, ihm an den Schild rannte, sank er zu Boden.

Da schrumpfte das Untier plötzlich zusammen und schoß als schwarze, hurtige Ratte auf ihn zu.

Nun schwanden Herrn Wendelin die Sinne; aber aus der Grotte, in der das gefangene Weib sich befand, hörte er's rufen: »Der Ring, gedenke des Ringes!«

Da glückte es ihm, dem goldenen Reifen am kleinen Finger einen leisen Stoß mit dem Daumen zu versetzen, und alsbald fühlte er sich so leicht und frei wie nie zuvor, und es war ihm, als verhärte sich sein ermattetes Herz zu einer Sprungfeder von geschmeidigem Stahl. Dabei ward ihm gar froh und übermütig zu Mute, und es überkam ihn eine so tolle Rauflust, als wär' er wieder vierzehn Jahre alt geworden. Ein wunderlicher Drang trieb ihn hoch in die Luft, und er folgte ihm und regte, als hätte er sich solcher zeitlebens bedient, zwei bunte Flügel, die ihm plötzlich gewachsen waren. Schon rieb sich sein gefiederter Rücken an einer Wolke, und doch sah er alles, was tief unter ihm auf der Erde vorging, so deutlich wie nie zuvor. Auch das Kleinste zeigte sich seinen verschärften Augen sonnenklar und wie in einem besonders hellen und glatten Spiegel. So sah er auch jedes Härchen an der Ratte da unten, und wieder trieb ihn ein Drang, dem er, ohne zu denken oder zu wägen, folgen mußte, der Drang, niederzuschießen und dem Langschwanz mit Fängen und Schnabel den Garaus zu machen. – Wendelin hatte sich in einen Edelfalken verwandelt, und die Ratte wehrte sich vergebens gegen seinen kräftigen Angriff.

Die gefangene Frau war alledem erst ängstlich, dann freudevoll gefolgt; wie aber der Falke die Ratte festhielt und ihr Wunde auf Wunde schlug, rief sie den Knappen herbei und befahl ihm, sie von den Fesseln zu befreien, und diese Arbeit fiel dem Jörg nicht sauer, ja sie behagte ihm so wohl, daß er sich gar nicht beeilte.

Als die Frau endlich ledig aller Bande dastand, reckte und streckte sie sich, und dabei ward sie immer schöner und herrlicher. Dann ergriff sie den smaragdenen Ring, um den der Zauberer das Goldhaar geschlungen, schwang ihn hoch in die Luft und rief: »Falke, werde, was Du gewesen. Misdral, höre Dein Urteil!«

Da empfing Wendelin sogleich seine ritterliche Gestalt zurück, und sie kam ihm recht schwer vor, nachdem er einmal ein Falke gewesen; die Ratte aber dehnte sich und schwoll an und wurde wieder zu einem Riesen von Bimsstein; doch der Unhold ging nicht mehr aufrecht, sondern wälzte sich winselnd und heulend wie ein geschlagener Hund vor den Füßen der schönen Frau. Da sagte sie: »Nun hab' ich den Smaragd, in dem Deine Macht über mich schlummert. Ich kann Dich vernichten, allein ich heiße Clementine, und so will ich Dir Gnade widerfahren lassen. Aber ich banne Dich in Deine Felsen, da sollst Du bleiben, bis zur letzten Stunde des letzten Tages. Papaluka, Paparuka, – Smaragd, verrichte das Deine!«

Da wurde der Riese von Bimsstein so glühend wie schmelzendes Eisen. Nur einmal erhob er noch die geballte Faust, um Wendelin damit zu bedrohen, dann stürzte er sich in den See, und zischend und dampfend schlug das Wasser über ihm zusammen.

Nun stand der Ritter der Frau allein gegenüber; und als sie ihn frug, welchen Dank er begehre, da wußte er nichts zu fordern, als daß sie sein liebes Weib werden und ihm in die Heimat nach Deutschland folgen möge; sie aber errötete und sagte traurig: »Ich kann dies Land nicht verlassen; auch darf ich keines Sterblichen Gattin sein. Aber ich weiß, wie man Helden belohnt, und so biete ich Dir die Lippen zum Kusse.«

Da kniete er vor ihr nieder, und sie nahm sein Haupt zwischen die schlanken Hände und vermählte den Mund mit dem seinen.

Als das der Knappe Jörg sah, seufzte er still vor sich hin und dachte: »Warum ist mein Vater bloß ein Müller gewesen? Was so einem Ritter doch alles vergönnt ist! Aber mit dem Kusse wird es hoffentlich nicht abgethan sein, und wenn sie keine knauserige Fee ist, gibt es vielleicht noch ein Tischleindeckedich als Aufgeld.«

Doch Clementine gewährte dem Erretter reicheren Lohn; denn als sie bemerkte, daß in Wendelins braunem Haar während des Kampfes mit dem bösen Geiste eine Locke an der linken Schläfe ergraut war, sprach sie: »Dies Land soll Dir fortan gehören, und weil Dir eine Locke im wackeren Streite gegen das Unrecht gries und grau geworden, sollst Du von nun an Herzog Griso heißen. Jeder Fürst, ja auch der Kaiser wird die Würde anerkennen, die ich Dir, meinem Retter, verlieh; wenn aber das Haus, zu dessen Ahnherrn ich Dich bestimmte, mit Nachkommen gesegnet wird, will ich bei jedem Erstgebornen Patenstelle vertreten. Alle Söhne Deines Stammes, die ersten wie die letzten, soll die graue Locke zieren, mögen sie schwarz oder braun oder blond sein. Sie leistet Deinen Nachkommen Bürgschaft, daß viele Gaben des Glückes sie erwarten. Aber meine Macht ist begrenzt, und wenn höhere Gewalten mich einmal hindern, einem Deiner Enkel meine Gunst zu bethätigen, dann wird die Locke ihm fehlen, und es wird von ihm allein abhängen, wie sich sein Leben gestaltet. Und nun noch eins: Gib mir den Ring zurück und nimm dafür diesen Spiegel, der Dir und den Deinen das, was ihr lieb habt, zeigen wird, auch wenn es in weiter Ferne weilet.«

»So wird es mir immerdar vergönnt sein, Dich, holde Frau, mir vor die Augen zu zaubern,« rief der Ritter.

Da lächelte die Fee und sagte: »Nein, Herzog Griso; der Spiegel zeigt Dir nur sterbliche Wesen, und ich weiß ein Weib für Dich, das Du lieber anschauen sollst als jedes Spiegelbild, und wär' es auch das einer Fee. Habe Dank! Du bist Herzog, und nun empfange Dein Reich!«

Damit verschwand sie, und alsbald zog ein leises Sausen und Klingen durch die Luft, und der Boden der Einöde bekleidete sich mit frischem Grün, die trockenen Flußbetten füllten sich mit klarem, rieselndem Wasser, und an seinem Rande erwuchsen blumige Auen, schattige Haine und Wälder. Das zerfallene Terrassengemäuer an den Berglehnen festigte sich und stieg in die Höhe und bedeckte sich mit Erde, die Weinstöcke und Fruchtbäume trug. Dörfer und Städte erhoben sich und traten aus dem Lande hervor. Köstliche Gärten voll bunter Blumen, Oliven-, Orangen-, Zitronen-, Feigen- und Granatbäume schmückten sich mit dunklen oder goldenen Früchten und tausendkernigen Aepfeln. In der Nähe der Grotte, in der die Fee gefangen gewesen, erwuchs ein Park von unvergleichlicher Schönheit, und in ihm begannen Quellen zu rieseln, Springbrunnen hoch aufzurauschen, und um goldenes und silbernes Netzwerk und bedeckte Laubengänge wand sich Schlinggewächs und kletterte daran mit tausend Rankenarmen und Rebenhänden eilfertig und üppig empor.

Die gefallenen Säulen richteten sich auf, den zerstörten Marmorbildern wuchsen neue Nasen und Hände, und im Hintergrunde dieser Herrlichkeit erblickte der junge Herzog plötzlich, erst wie ein Nebelbild, dann mit fest umrissenen Formen ein fürstliches Schloß mit Altanen, Söllern und Säulenhallen und mit hohen Statuen von Erz und Marmor am Saume des flachen Daches.

Der Knappe Jörg sperrte den Mund weit auf; wie er aber die Vorhalle betrat, schloß er ihn nur, um ihm für künftige Arbeit Erholung zu gönnen; denn es dampfte ihm aus der Küche lieblicher Bratengeruch entgegen, und weil sein Hunger noch größer war als die Neugier, befahl er dem willigen Koch, für seines Leibes Wohlfahrt zu sorgen.

Ritter Wendelin schritt indes durch Gänge und Zimmer, Säle und Hallen. Dort wimmelte es überall von Dienern, Leibwächtern und Heiducken, aus den Ställen klang das Gestampf von harten Rosseshufen und das Klirren der Halfterketten, die sich an vollen Krippen rieben. Trompeterchöre bliesen schmetternde Fanfaren, und das versammelte Volk im Vorhof rief tausendstimmig wieder und immer wieder: »Unser erlauchter Herzog von Griso, Wendelin I, soll leben!«

Der Ritter winkte den guten Leuten herablassend zu, und als der Kanzler sich tief vor ihm verneigte und in einer wohlgesetzten Rede des edlen Herzogs hohe Verdienste um das Reich pries, von denen Wendelin selbst gar nichts wußte, hörte er ihm doch ganz ernsthaft zu. – Er hatte so viele Abenteuer erlebt, daß ihm das ruhige Sitzen auf dem Throne recht wohl behagte. Er gab sich auch Mühe, sich des Amtes, das er der Fee verdankte, würdig zu zeigen, und als er das Herrschen vom Abc an gründlich erlernt hatte, zog er nach Deutschland. Dort freite er sein Bäschen Walpurga und führte es in den Palast und herrschte mit ihr viele Jahre über das schöne Herzogtum. Die fünf Söhne, die sein Weib ihm schenkte, kamen alle mit der grauen Locke zur Welt und wurden wackere Männer, die dem Vater Heerfolge leisteten, brüderlich zusammenhielten und auf manchem Kriegszuge die Grenzen des Landes erweiterten.

So verging eine lange Zeit und ein Nachkomme des tapferen Wendelin folgte dem andern. Der Erstgeborne wurde immer mit dem Namen des Ahnherrn genannt, und am Tauftage eines jeden Sohnes erschien die Fee Clementine. Keiner sah sie, aber ein leises Klingen, das durch das Schloß zog, verriet ihre Nähe, und wenn es nachließ, hatte sich das weiße Haar an der Schläfe des Neugebornen zu einer Locke gekrümmt.

Als fünfhundert Jahre um waren, wurde Wendelin XV. zu Grabe getragen. Mit einer stattlicheren grauen Locke wie er, war noch kein Griso zur Welt gekommen, und doch hatte er jung die Augen geschlossen. Die Weisen des Landes sagten, es komme auch auf die besonders begünstigten Menschen nur ein gewisses Maß von Wohlsein und Glück, und dies habe sich bei Wendelin XV. in dreißig Jahre zusammengedrängt.

Allerdings war diesem Herzog von Kindheit an alles zum Besten gediehen. Schon als Kronprinz hatte man das Allergrößte von ihm erwartet, und trotzdem war er ein ganz vorzüglicher Herrscher geworden. Jedermann hatte ihn geliebt, das Heer war unter seiner Führung von Sieg zu Sieg geeilt, eine reiche Ernte hatte, so lange er das Scepter führte, die andere abgelöst, und die schönste, tugendhafteste Fürstentochter war seine Gemahlin gewesen.

In einer heißen Schlacht hatte er, während ihn das Siegesgeschrei der Seinen umbrauste, den Tod gefunden. Was eines Menschen Herz nur immer begehren mag, war ihm zu teil geworden; nur das Glück, einen Nachkommen sein eigen zu nennen, hatte er nicht zu kosten bekommen; aber er war doch mit der Hoffnung auf einen Erben dahingeschieden.

Jetzt wehten schwarze Fahnen von den Zinnen des Schlosses, die Säulen an der lustigen Vorhalle waren mit Flor umwickelt, die goldenen Kutschen schwarz lackirt, und die Mähnen und Schweife der herzoglichen Rosse mit dunklen Bändern durchflochten worden. Der Jägermeister hatte die bunten Vögel im Tiergarten dunkel färben und der Schulmeister die Schreibhefte der Buben mit schwarzen Umschlägen versehen lassen. Die fröhlichen Spielleute im Lande sangen nichts als traurige Lieder in dumpfem Moll, und jeder Unterthan legte ein Zeichen der Trauer an. Als die rubinrote Nase des Hofkellermeisters sich gerade damals bläulich färbte, hielt der Hofmarschall dies nur für natürlich. Selbst die Säuglinge lagen in Steckkissen mit schwarzen Bändern. Aber auch in den Herzen sah es traurig aus, und am betrübtesten in dem der jungen, verwitweten Herzogin. Die hatte auch alle leuchtenden Farben abgethan und ging in tiefem, tiefem Schwarz, aber ihre schönen, sanften Augen waren ganz gegen die Kleiderordnung des Hofes feuerrot geworden von lauter Weinen.

Am liebsten wäre sie dem Verstorbenen ins Grab gefolgt; doch eine süße, mächtige Hoffnung und die Aussicht auf beseligende Pflichten hielt sie im Leben zurück und warf milde Sonnenstrahlen in die Zukunft, die ihr noch schwärzer vorkommen wollte als die Trauergewänder der Höflinge, die sie umgaben.

So vergingen fünf lange Monate, und am ersten Tage des sechsten erhob sich Kanonendonner auf der Burg der Residenzstadt. Ein Schuß nach dem andern erschütterte die Luft, aber die Bürger wurden nicht von den Geschützen geweckt. Sie hatten ohnehin kein Auge geschlossen; denn die Aeltesten wußten sich keiner Nacht wie der vergangenen zu erinnern. Von der Felsenlandschaft am nördlichen Ufer des Sees her, wo der böse Geist Misdral hauste, war ein furchtbares Unwetter heraufgezogen und hatte sich über der Stadt und dem herzoglichen Palast entladen. Es war ein Krachen, Rollen,

Pfeifen und Brausen gewesen, als sei der jüngste Tag angebrochen. Die Blitze hatten nicht wie sonst das Dunkel mit dünnen, zackigen Lichtschneiden, schnell wie nur sie selbst sind, zersägt, sondern waren als feurige Kugeln zur Erde gefallen, und doch hatte keiner gezündet. Die Turmwächter erzählten, über das dunkle Gewölk sei wie ein Strom von Milch, der sich über schwarze Wolle ergießt, eine silberweiße Masse geflossen, und aus der Höhe habe man mitten unter dem Prasseln und Rollen des Donners lieblichen Saitenklang vernommen. Den hatten auch viele Bürger gehört, und der Hof-Instrumentenmacher versicherte, es hätte geklungen, als sei eines seiner Klaviere – wenn auch nicht von den allerbesten – zwischen Himmel und Erde gespielt worden.

Sobald die Kanonen auf der Burg zu donnern begannen, traten die Leute auf die Straße, und die Gassenkehrer, die die Ziegel und Schieferstücke zusammenfegten, die der Sturm von den Dächern gerissen, ließen die Besen ruhen und lauschten. Der Konstabler verbrauchte heut viel Pulver, und den Männern und Weibern, die die Schüsse zählten, wurde die Zeit lang; denn das Krachen nahm gar kein Ende. Sechzig Schüsse bedeuteten eine Prinzessin, hundertundeiner einen Prinzen. Wie der einundsechzigste fiel, jubelte man auf: denn man wußte nun, daß die Herzogin einen Sohn geboren, – als aber dem hundertundersten ein hundertundzweiter folgte, meinte ein verschmitzter Advokat, es könnten wohl zwei Prinzessinnen sein; beim hundertundzweiundsechzigsten riet man auf ein Mädchen und einen Knaben; beim hundertundachtzigsten rief der Schulmeister, dem sein Weib sieben Töchter geschenkt hatte: »Möglicherweise ein Drilling feminini generis!« Aber diese Vermutung ward schon durch den hundertundeinundachtzigsten Schuß beseitigt, und erst als das Donnern beim zweihundertundzweiten aufhörte, wußte man, die geliebte Landesmutter sei von einem Knabenpärchen genesen.

Die Residenz schwamm in Freude. Statt der Trauerfahnen wurden Flaggen mit den bunten Landesfarben aufgehißt, an den Schaufenstern der Schnittwarenhändler gab es wieder rote, blaue und gelbe Stoffe zu sehen, die Höflinge strichen die Falten von der Stirn und übten sich wieder im Lächeln.

Jedermann war herzensfroh; nur der Astrolog, die alten Weiber und einige Gelehrte machten bedenkliche Gesichter; denn die in solcher Nacht geborenen Kinder waren zweifellos unter recht üblen Zeichen zur Welt gekommen. Auch im herzoglichen Schlosse war die Freude nicht ungetrübt, und gerade die treuesten Diener des Hauses schienen besorgt und steckten die Köpfe zusammen.

Beide Knaben waren nämlich zwar gesund und wohlgebildet, doch bei dem zweitgeborenen fehlte der graue Haarstreif, der bisher jedem neugeborenen Griso eigen gewesen.

Der Hausmeister Pepe, ein direkter Nachkomme des Knappen Jörg, der die Geschichte des Ahnherrn der herzoglichen Familie aufs beste kannte, denn sein Großvater hatte sie ihm erzählt, war so niedergeschlagen, als sei ihm ein großes Unglück begegnet, und als er am Abend mit dem Kellermeister, dem Silberbewahrer und dem Tafeldecker beim Weine saß, hielt er mit seinen Befürchtungen nicht zurück. – Wie bei ihm, so stand auch bald bei seinen Genossen die Ueberzeugung fest, das Unheil habe an die Pforte des glücklichen Hauses der Griso gepocht.

Dem zweiten Knaben war ein schweres Schicksal beschieden. Das glaubte nicht nur das Gesinde, sondern bald auch der ganze Hofstaat; denn das üble Horoskop des Astrologen wurde bekannt, die Weisen des Landes stimmten dem Sternseher bei, und bald erwies es sich, daß selbst die Fee Clementine gegen das dem zweiten Prinzen drohende Unheil ohnmächtig sei; denn am Tauftage ließ sich weder das sanfte Tönen, noch der Wohlgeruch wahrnehmen, der sonst ihre Nähe verkündete. Aber sie war doch wohl dem herzoglichen Hause nicht fern geblieben; denn das Haar des Erstgebornen hatte sich an der Schläfe zu einer weißen Locke gekrümmt. Das des zweiten Prinzen war dagegen braun geblieben, und man konnte darin auch mit dem Vergrößerungsglase nichts Weißes entdecken. Dies erfüllte das Herz der jungen Mutter mit großer Besorgnis; und als sie die alte Nonna, die schon die Wärterin ihres verstorbenen Gatten gewesen, zu sich heranrief, um sie zu fragen, wie es bei der Taufe ihres Gemahls gewesen, brach sie in lautes Schluchzen aus und verriet der Herzogin endlich auch alles, was der Astrolog und die Weisen dem zweiten Knaben vorausgesagt hatten. Ein Griso, der ohne graue Locke durch die Welt gehen sollte! Es war unerhört, war gräßlich, und so nannte die Alte das arme kleine Wesen auch einmal über das andere ein »Unglückskind« und »ein liebes, beklagenswertes Prinzchen«.

Da erinnerte sich die Mutter des letzten Traumes, in dem sie gesehen hatte, wie ein Drache ihren jüngeren Knaben anfiel; und eine große Bangigkeit um ihn erfüllte nun ihr Herz, und sie ließ ihn sich reichen, und als er ganz nackt vor ihr lag, betastete sie mit den schwachen Händen seinen kleinen, runden Kopf, den geraden Rücken und die zierlichen Beinchen. Ach, wie ihr das wohlthat! Es war ein tadellos gewachsenes Kind, ihr Kind, ihr Eigen, und es fehlte ihm nichts als die graue Locke. Sie konnte sich nicht müde an ihm sehen, und endlich neigte sie sich zu ihm nieder und sagte leise: »Du liebes kleines Herzblatt, Du bist gerade so gut und echt wie Dein Bruder. Der wird ein Herzog, und dies Glück ist nicht gar groß, und wir wollen's ihm gönnen. Die Unterthanen machen ihm später schon Sorgen genug. Für sie wird er ein gewaltiger Mann werden müssen, und die Amme gibt ihm wohl kräftigere Nahrung als ich schwaches Weib. Aber Dich, armes, herziges Unglückswürmchen, Dich nähre ich selbst mit der eigenen Brust, und wenn es Dir im Leben nicht wohl geht, an mir soll's nicht liegen.«

Als dann der älteste Priester kam, um sie zu fragen, welchen Namen sie für den zweiten Knaben ausgesucht habe – denn daß der erstgeborne Wendelin XVI. heißen müsse, das verstand sich von selbst – erinnerte sie sich wieder an ihren Traum und sagte schnell: »Georg; denn der hat den Drachen getötet.«

Da schaute der Greis sie verständnisvoll an und sagte ernst: »Das ist ein guter Name für ihn.«

Die Zeit verging, und beide Prinzen gediehen prächtig. Georg ward von der eigenen Mutter, Wendelin von der Amme genährt. Darauf lernten sie erst lallen, dann laufen, dann reden; denn das machen die Söhne eines Herzogs mit der grauen Locke gerade so wie alle anderen Buben. Und doch ist kein Kind wie das andere, und wenn ein Ausbund von einem Schulmeister ein vollkommenes Werk über die Erziehung schreiben wollte, so müßten darin so viele Kapitel stehen, wie es Knaben und Mädchen gibt auf Erden, und es würde darum nicht zu den dünnsten Büchern gehören.

Was nun die beiden herzoglichen Zwillinge anging, so zeigten sie sich vom ersten Tage an sehr verschieden geartet. Das Haar Wendelins war schlicht und würde ohne die graue Locke, die ihm wie ein silbernes Fragezeichen an der linken Schläfe hing, vollkommen schwarz gewesen sein; Georg hatte dagegen einen hellbraunen Krauskopf. An Wuchs blieben sie einander gleich bis zum siebenten Jahre, dann aber begann der jüngere Knabe sich länger zu strecken als sein Bruder. Sie liebten einander sehr, doch das Spiel, das dem einen gefiel, behagte dem andern nur selten, und es konnte scheinen, ihre Augen seien nach verschiedenen Rezepten gemacht; denn Georg sah mit den seinen vieles weiß, was sein Bruder schwarz sah.

Beide wurden sorglich gehütet, und man ließ sie niemals allein. Dem Erstgeborenen war das auch ganz recht; denn er lag gern still und ließ sich Kühlung zufächeln und die Fliegen abwedeln. Dabei mußte man ihm Märchen vorlesen; denn die gefielen ihm, bis er dabei einnickte. Es war erstaunlich, wie lange und tief er schlafen konnte. Die Höflinge sagten, er kräftige sich für die Anstrengungen der künftigen Regierung.

Bevor er ordentlich sprechen konnte, verstand er es schon ausgezeichnet, sich bedienen zu lassen, und was andere für ihn thun konnten, dafür rührte er selbst keinen Finger. Dabei war sein stilles Gesicht mit den großen, müden Augen schön über die Maßen, und die eigene Mutter sah ihn oft scheu und ehrerbietig an wie ein Wunder. Um ihn brauchte sie sich niemals zu sorgen; denn im ganzen Lande gab es kein Kind, das braver und folgsamer gewesen wäre.

Mit dem Unglückskinde Georg sah es dagegen ganz anders aus. Diesen mußte man bewachen und hüten; denn es steckte ihm gar böser Uebermut im Blute, und man hätte meinen können, er rufe das Unheil, das ihm so sicher bevorstand, geflissentlich herbei. Wo es nur anging, entzog er sich den Dienern und Wärtern. Er ersann waghalsige Spiele und verleitete die wilden Buben der Schloßbeamten und Gärtner mitzumachen, was er sich ausgedacht hatte.

Bauen und immer bauen war sein schönstes Vergnügen.

Bald errichtete er Häuser aus rohen Steinen, bald grub er tiefe Höhlen mit Kammern und Sälen in den Sand. Dabei rührte er die Hände fleißiger als seine armen Spielkameraden, und wenn er beschmutzt und mit triefender Stirn in das Schloß zurückkehrte, schüttelten die Höflinge bedenklich den Kopf und schauten befriedigt auf Wendelin, der als echtes Herzogskind sich die schneeweißen Hände niemals beschmutzte.

Georg war von gemeinerem Schlage als sein hoher Bruder, das war sonnenklar. Wenn dieser über Hitze klagte, sprang Georg in den See, wenn Wendelin fror, pries jener die frische, schneidige Luft. Für ihn hätte die Herzogin gern hundert Augen gehabt, und sie schalt und tadelte ihn oft, während ihr anderer Sohn nichts von ihr zu hören bekam als gütige Worte. Aber Georg flog ihr oft ganz unprinzlich stürmisch an die Brust, und dann küßte und herzte sie ihn und ließ ihn nicht aus den Armen; wenn sie sich dagegen zärtlich gegen den Erstgeborenen erwies, drückte sie ihm nur die Lippen auf die Stirn oder streichelte ihm das Haar. Georg war gar nicht so schön wie sein Bruder und hatte nur ein derbes, frisches Bubengesicht, aber seine Augen waren besonders tief und treu, und die Mutter fand alles darin wieder, was ihr selbst das Herz bewegte.

Beide waren so glücklich wie jedes Kind, das im Sonnenscheine der Mutterliebe aufwächst; aber die Herren und Frauen am Hofe und die Palastbeamten hatten doch längst bemerkt, daß das Unheil schon jetzt mit dem jüngeren Prinzen sein Spiel trieb. Wie häufig zog er sich die Ungnade der gütigen Frau Herzogin zu! Und die Unfälle, die schon den elfjährigen Knaben betroffen hatten, waren gar nicht zu zählen. Beim Baden hatte er sich zu weit in den See hinausgewagt und wäre beinahe ertrunken, in der Reitbahn war er von einem wilden Pferde über die Schranken geschleudert worden, und der Leibchirurgus wurde wegen blutender Löcher im Kopfe und gequetschter Gliedmaßen am Leibe des zweiten Prinzen so oft der Mond wechselt aus der Ruhe gestört.

Wenn auch keiner dem wilden Knaben gram war, außer dem Hofmarschall und dem Zeremonienmeister, so beklagte doch jedermann das Unglückskind. Aber wie scharf das Schicksal den armen Georg verfolgte, das wurde erst recht deutlich, als einmal das steinerne Haus, das er mit anderen Buben errichtet hatte, über ihm zusammenstürzte. Man zog ihn besinnungslos unter den Quadern und Blöcken hervor, und der Hausmeister, der auf das Geschrei der Kameraden Georgs herbeigeeilt war, legte ihn in der Prinzenstube aufs Bett und pflegte ihn, während man den Arzt rief.

Die Wärterin Nonna leistete dem Hausmeister Beistand, und die beiden treuen Menschen schütteten sich dabei gegenseitig das Herz aus. Sie erinnerten einander an die bösen Vorzeichen, die die Geburt des Prinzen begleitet hatten, und Pepe sprach die Befürchtung aus, daß das Unglückskind nicht wieder aufkommen würde.

»Leider, leider,« sagte er, »wird es am Ende auch für das liebe Herzogsblut am besten sein, wenn ihn der Himmel jetzt schon zu sich nimmt: denn ein früher Tod ist immer noch besser als ein langes Leben in lauter Ungemach und Elend.«

Der Knabe hatte dies alles Wort für Wort vernommen; denn er konnte zwar noch kein Glied rühren und mußte auch die Augen geschlossen halten, doch Gehör und Verstand waren wach geblieben.

Die alte Nonna hatte bei der Rede des wackeren Pepe viele Thränen vergossen, und er versuchte noch, ihr Mut zuzusprechen, als Georg sich plötzlich aufrichtete, die Augen mit dem Rücken der Hände rieb und sich reckte und streckte. Dann sprang er plötzlich, munter wie eine Bachstelze, aus dem Bette.

Die beiden Alten schrieen laut auf vor Erstaunen und lachten dann noch lauter vor Freude, aber der Leibchirurgus, der gerade ins Zimmer trat, machte ein bitterböses und enttäuschtes Gesicht; denn die schöne Aussicht, einem Herzogskinde das Leben zu retten, wurde ihm hier vor den leiblichen Augen zu Wasser.

Die Herzogin war während dieses üblen Vorfalles abwesend gewesen. Als sie heimkehrte, zwang sie sich erst zu scheltenden Worten, dann aber ließ sie der mütterlichen Liebe freien Lauf, und wie Georg ihr die Hände um den Hals schlang und sie fragte, ob es denn wahr sei, daß er lauter Unglück haben würde, so lang er lebe, hätte sie gern laut aufgeschluchzt; doch sie hielt die Thränen gewaltsam zurück und nannte Pepe und Nonna alte Einfaltspinsel, und die Vorzeichen, von denen sie geredet, thörichtes Zeug. Dann lief sie schnell aus dem Zimmer, und es war Georg, als hörte er sie draußen weinen. Er hatte es ihrem Leugnen angehört, daß sie ihn nur zu beruhigen trachtete, und von Stund an hielt er sich selbst für ein Unglückskind. Das war freilich übel, doch hatte es auch sein Gutes; denn er erwartete jeden Morgen einen schlimmen Tag; wenn er aber am Abend nichts als Lust und Freude erfahren, ging er dankbar für das Gute, das er genossen und das ihm doch eigentlich gar nicht zukam, ins Bett. Von jener Zeit an ließ ihn die Mutter strenger als bisher überwachen, ging ihm selbst nach, wie eine Henne, die Entlein ausgebrütet, und verbot ihm, mit Steinen zu bauen.

Die edle Frau wurde gerade jetzt auch von anderen Sorgen bedrängt; denn ihr Nachbar, ein König, der von ihrem Gatten und dessen Vater in manchem Kriege besiegt worden war, hielt es nun, da das Land der Griso nur von einer Frau und ihrem Statthalter regiert ward, an der Zeit, in das Herzogtum einzufallen und die Provinzen, die er an die Grisos verloren, zurückzuerobern. Der Marschall Moustache führte das Heer, und bald stand eine Schlacht bevor, die, wie alle Schlachten, entweder mit einem Siege oder mit einer Niederlage enden mußte.

Eines Tages erschien ein Bote aus dem Lager und brachte einen Brief des tapfern Moustache, der um mehr Truppen bat, da das Heer des Feindes dem seinen stark überlegen. – Da berief der Statthalter den großen Rat, bei dem die Frau Herzogin nicht fehlen durfte, und während die weisen Herren unter ihrem Vorsitze tagten, ließ sie zum erstenmal seit langen Wochen Georg aus den Augen.

Das bemerkte der wilde Bursch mit Vergnügen, und weil der See heute besonders bewegt war, schlich er sich, während sein Bruder wegen des schlechten Wetters zu Hause blieb, an das Ufer, sprang mit dem Sohne des Obergondeliers in ein Boot und trieb es mit starken Ruderschlägen keck durch die Wellen. Die braunen Locken des Knaben flatterten im Winde, und wenn eine Woge den Nachen recht hoch warf, jubelte er laut auf vor Vergnügen. Er durfte sonst nur mit besonderer Erlaubnis und auf einem wohlbemannten, sicheren Fahrzeuge auf den See, und auch dies hatte sich stets im Bereiche seiner südlichen Hälfte zu halten. Das war denn immer ein mäßiges Vergnügen gewesen; aber so ganz frei und als sein eigener Herr gegen Wind und Wogenschwall anzukämpfen, das war eine Herzenslust ohnegleichen.

Die nördliche Hälfte des Sees hatte er noch niemals besucht, und gerade dort war es immer so unheimlich dunkel, und da – das hatte ihm die Nonna erzählt – sollten Geister hausen und einen gebannten, gräßlichen Riesen von Bimsstein bewachen. Vielleicht bekam er den schauerlichen Spuk zu sehen, wenn es ihm bis zum andern Ufer vorzudringen gelang. Das war eine köstliche Aussicht! Und so wandte er den Kiel des Nachens nach Mitternacht, befahl dem Gefährten, die Ruder wacker zu rühren, und that das Gleiche.

Als sie weiter nach Norden kamen, begannen die Wogen sehr hoch zu gehen; ein Sturm erhob sich und schnitt ihm in das feuchte Gesicht, doch je toller der See sich geberdete, desto froher und freier ward ihm zu Sinne.

Sein Gefährte begann sich zu fürchten und drängte zur Rückkehr, er aber machte sein Prinzenrecht geltend und gebot ihm mit einer Strenge, die ihm sonst fremd war, zu gehorchen, wenn er befehle.

Da wurde es plötzlich dunkel um ihn her, und als sei ein gewaltiges Flußpferd unter den Nachen geglitten und schnelle ihn mit dem Rücken in die Luft, flog er hoch in die Höhe. Nun fühlte Georg, wie ihn ein wirbelnder Strudel erfaßte und in raschen Kreisen niederzwang in die Tiefe. Der Atem und das Bewußtsein vergingen ihm, und als er wieder zu sich kam, befand er sich in einer verschlossenen Höhle unter lauter wunderlichen Gebilden von graubraunem triefenden Tropfstein. Durch das Gewölbe ihm zu Häupten ertönte ein lautes, grunzendes Lachen, und eine Stimme, die wie das Gebell eines heiseren Hundes klang, rief einmal über das andere: »Da haben wir die Wendelinbrut, da hätt' ich den Griso.«

Nun erinnerte Georg sich wieder an alles, was er von Pepe und der Frau Nonna erst zufällig gehört und dann herausgefragt hatte. Er war in die Hände des bösen Geistes Misdral gefallen, und nun sollte das echte und rechte Unglück, das ihn von Kind auf bedroht hatte, wirklich beginnen. Ihn fror und hungerte sehr, und als er an den schönen Garten zu Hause und den gedeckten Tisch im väterlichen Schlosse, an dem man so behaglich auf hochlehnigen Stühlen zugreifen konnte, und an die wohlgenährten Aufwärter dachte, wurde ihm ganz flau zu Mute.

Dabei fiel ihm auch ein, wie großen Kummer sein Ausbleiben der Mutter verursachen würde. Er sah sie vor dem inneren Auge mit aufgelöstem Haar weinend umherschweifen, ihn suchen und immer wieder suchen.

Wie er noch kleiner gewesen war, hatte sie ihn oft in ihr Bett genommen und Rotkäppchen mit ihm gespielt. Daran mußte er nun denken, und daß sie gewiß in der nächsten Nacht und vielen anderen Nächten mit feuchten Augen und ruhelos auf den seidenen Kissen liegen würde. Da fühlte er, daß ihm Thränen ins Auge stiegen; dann aber ward er zornig und stampfte vor Unwillen gegen sich selbst mit dem Fuße.

Er zählte erst dreizehn Jahre, und doch war ihm als einem echten Griso das Bangen und Grauen so fremd wie seinem Ahnherrn Wendelin I.; ja, als er die Stimme des bösen Misdral wieder vernahm, und er die Verwünschungen mit anhören mußte, die er gegen die Seinen ausstieß, wurde er von neuem Ingrimm ergriffen und las, wie es der erste Wendelin vor fünfhundert Jahren gethan hatte, einen Stein auf, um ihn dem Unhold in das runzelige Gesicht zu schleudern. Aber Misdral zeigte sich nicht, und der gefangene Georg durfte ihn auch nicht zu sehen erwarten; denn er hatte dem Gespräche zweier Geister entnommen, daß der böse Geist wegen eines Eides, den er der Fee geleistet, sich nicht an ihm vergreifen dürfe, und darum vorhabe, ihn verhungern zu lassen. Diese Aussicht schien dem Knaben um so weniger reizend, je unbehaglicher ihm jetzt schon in der Magengegend zu Mute war.

Die Höhle empfing einiges Licht aus einer Oeffnung in der Felsendecke, und als er nicht mehr weinen konnte und lange genug zornig gegen sich selbst und den bösen Misdral gewesen war, wußte er nichts Besseres zu thun, als sich in seinem Kerker umzuschauen und die Tropfsteingebilde zu betrachten, die ihn rings umgaben. Davon sah eines aus wie eine Kanzel und ein anderes wie ein Kamel, ein drittes aber reizte ihn zum Lachen; denn es hatte ein Gesicht, das dem herzoglichen Oberweinküfer mit der großen doppelten Nase ganz ähnlich sah. An einem der Pfeiler glaubte er ein trauerndes Weib zu bemerken, und dabei traten ihm wieder Thränen ins Auge. Aber er wollte nicht weinen und schaute zur Decke empor. Da hingen lange Stalaktiten, von denen viele wie Eiszapfen und andere wie feuchte graue Wäsche aussahen. Die erinnerten ihn wieder an den Trockenplatz hinter dem Schloßgarten, wo hier ein langer Strumpf und dort ein breites Hemd von der Leine herunterhing, die man im Herbst an Pflaumenbäume mit blauen, saftigen Früchten befestigte, und nun ward der Hunger in ihm so rege, daß er den Gürtel fester über den Hüften zusammenzog und laut zu stöhnen begann.

Dann wurde es Nacht. – Die Höhle verdunkelte sich, und er versuchte zu schlafen, aber er konnte es nicht, obwohl Tropfen auf Tropfen mit gleichmäßigem eintönigen Geplätscher von der Decke in die Wassertümpel am Boden fiel.

Je später es wurde, desto mehr quälte ihn der Hunger und das Schwirren der Fledermäuse, die er im Dunkeln nicht sah.

Daß es Tag werden möge, darnach sehnte er sich besonders, und mehr als einmal erhob er in seiner Bedrängnis die Hände und betete um Rettung, aber weit inbrünstiger noch um ein Stückchen Brot und das Licht des Morgens. So saß er in sich versunken still und biß sich, um doch wenigstens etwas zu kauen, die Nägel. Da hörte er in einer der Lachen am Boden etwas plätschern. Das mußte ein Fisch sein! Und wie er sich aufrichtete, um zu lauschen, war es ihm, als ob eine leise Stimme ihm riefe. Nun spitzte er die Ohren ganz scharf. Und jetzt! – Nein, er täuschte sich nicht, jetzt klang es hell und freundlich von unten herauf: »Georg, armer Bursch, bist Du wach?«

Wie das ihm gut that, und wie schnell er aufsprang und die Frage bejahte! Nun war er gerettet, das schien ihm so gewiß, wie daß zweimal zwei vier, obgleich es doch ganz anders hätte kommen können.

Ueber der Lache, aus der die leise Stimme erklungen war, glänzte jetzt ein matter Lichtschein, und ein hübscher Goldfisch streckte den Kopf aus dem Wasser, machte eine runde Schnute und sagte mit kaum vernehmbarer Stimme; denn ein rechter Fisch bringt es wegen der fehlenden Lunge im Reden niemals weit, daß Georgs Patin, die Fee Clementine, ihn sende. Seine Herrin sei zwar keineswegs mit seinem Ungehorsam zufrieden, weil er aber sonst ein braver Bub und sie den Grisos zugethan sei, wollte sie ihm diesmal aus der Not helfen.

Da rief der Knabe: »Nach Hause, nur nach Hause. Schaff mich zu meiner Mutter!«

»Das würde freilich das Einfachste sein,« entgegnete der Fisch, »und es steht auch in unserer Macht, Deinen Wunsch zu erfüllen – aber wenn Dich meine Gebieterin aus der Gewalt des bösen Misdral befreit, so muß sie ihm dafür gestatten, Deinem Hause ein anderes Leid zuzufügen. Euer Heer steht im Felde, und wenn Du zu den Deinen zurückkehrst, wird der Riese Euren Feinden helfen, sie werden die Euren schlagen, Eure Residenz erobern, und es kann leicht geschehen, daß dabei Deiner Mutter Uebles widerfährt.«

Da fuhr Georg straff in die Höhe und schwenkte abweisend die Hand. Dann senkte er den Lockenkopf und sagte bescheiden und traurig: »Dann bleibe ich hier und verhungere.«

Da schlug der Fisch vor Vergnügen mit dem Schwänzchen das Wasser, daß es hoch aufspritzte, und sprach weiter, obgleich ihn die erste Meldung schon ganz heiser machte: »Nein, nein, so schlimm soll's nicht werden. Wenn Du bereit bist, als armer Bursche in die Welt zu ziehen und niemandem zu sagen, daß Du ein Prinz bist, woher Du stammst, und wohin Du gehörst, dann wird kein Feind Eurem Heere und der Frau Herzogin etwas anhaben können.«

»Und ich werde meine Mutter und den Wendelin nie wieder sehen?« frug Georg, und über die Wangen lief es ihm nun so naß wie über den Tropfstein.

»Doch, doch,« entgegnen der Fisch, »wenn Du Dich wacker hältst und etwas Gutes und Großes zu stande gebracht hast, darfst Du zu den Deinen zurück.«

»Etwas Gutes und Großes,« wiederholte Georg. »Das muß sehr schwer sein. Und wenn ich wirklich dergleichen fertig bringe, woher weiß ich denn, ob die Fee es auch dafür hält?«

»Sobald die graue Locke Dir wächst, magst Du jedermann sagen, daß Du ein Herzogskind bist, und darfst nach Hause,« lispelte der Fisch. »Folge mir jetzt. Ich leuchte Dir voran; es ist ein Glück, daß Du viel gelaufen und hübsch mager bist, sonst würdest Du vielleicht unterwegs stecken bleiben. Nun gib acht. Diese Lache fließt durch einen Gang im Berge in den See ab. Ich schwimme Dir voran, bis zu dem großen Teiche, in dem das Quellwasser dieses Gebirges sich sammelt. Dann muß ich mich rechts halten, um in den See zurückzugelangen; Du aber schwimmst in den linken Kanal, und der wird Dich eine Stunde lang forttragen und dann mit der Quelle des großen Vitalestromes ins Freie führen. Dem folgst Du, bis er sich gen Osten wendet, und steigst dann über den Berg und wanderst immer nach Norden. Halte die Hand unter meine Schnute, damit ich Dir Reisegeld gebe.«

Georg that, wie ihm geheißen, und der Fisch spie ihm vierzig blanke Groschen in die Hand. Mit einem jeden sollte er die Zehrung für einen Tag und das Quartier für eine Nacht bezahlen.

Nun tauchte der Fisch tief unter, Georg aber warf sich ihm nach in die Lache und folgte dem Lichtschein, der von seinem schuppigen Führer ausging. Bisweilen wurde der Felsengang, in dem er auf dem Bauche durch flaches Wasser hinkroch, so eng, daß er sich den Kopf stieß und die Schultern zusammenzwängen mußte. Manchmal dachte er, daß er zwischen den Felsen stecken bleiben würde wie ein Keil im Holze. Aber er machte sich immer wieder los und kam in den großen Quellteich, wo viele Mädchen mit grünem Haar und schuppigem Schwanz sich tummelten und ihn einluden, mit ihnen Fangen zu spielen. Aber der Fisch riet ihm, sich nicht bei den müßigen Dirnen aufzuhalten, und nahm von ihm Abschied.

Nun war Georg wieder allein und ließ sich von dem schnellen unterirdischen Flusse forttragen. Endlich trat dieser als Vitalefluß ins Freie, und der Knabe fiel mit ihm über eine Felsenwand in ein großes, von grünem Laubwerk umkränztes Becken. Da spritzte das Wasser hoch auf, die Forellen darin bekamen einen großen Schreck, ein Hund begann laut zu bellen, und der Hirt, der am Ufer gesessen hatte, fuhr in die Höhe; denn das bunte Paket, das da mit dem Quell über den Felsen gesaust kam, tauchte nun aus dem Wasser auf und hatte ganz das Ansehen eines hübschen, dreizehnjährigen Buben.

Solcher stand denn auch bald triefend und pustend vor ihm und sah den Käse und das Brot, das der weißbärtige Schäfer verzehrte, sehnsüchtig an.

Der mußte sehr, sehr alt sein und war dazu taub, aber er verstand in den Augen des nassen Buben zu lesen, und weil er gerade die Ziegen gemolken hatte, reichte er ihm freundlich einen Becher Milch. Dann brach er auch ein Stück Brot und forderte Georg auf, sich in die Sonne zu setzen, die vor einer Stunde aufgegangen war.

So wie diese Mahlzeit hatte dem Prinzen noch keine gemundet, und während er aß und trank und sich sonnte, würde er jeden für närrisch gehalten haben, der ihm gesagt hätte, daß er ein Unglückskind sei.

Als er satt war, dankte er dem Hirten und reichte ihm einen der Groschen, den der Fisch ihm gegeben, doch der Alte wies ihn zurück.

Da erwachte in dem Knaben der prinzliche Stolz, und er schob ihm, weil er doch von einem in Lumpen gekleideten Mann nichts geschenkt haben wollte, das Geld wieder zurück; doch der Hirt nahm es auch diesmal nicht an. Wie er aber auf die kostbaren Kleider des Prinzen, die auch das Wasser nicht verdorben hatte, einen Blick geworfen, schüttelte er den Kopf und sagte ernst: »Was arme Hand gern gibt, das zahlt kein Geld. Behalt Deinen Groschen.«

Da errötete Georg über und über, steckte sein Silberstück ein und sagte: »So vergelt es Dir Gott.« Das ging ihm ganz leicht und herzlich über die Lippen, und doch war es das Wort, mit dem die Bettler im Lande der Grisos zu danken pflegten.

Bis Mittag folgte er dem Strome ganz schnell, um sich trocken zu laufen, und dabei dachte er an allerlei, aber es ging so rasch, daß er weder etwas Frohes, noch Trübes recht festhalten konnte; als er jedoch unter einem blühenden Holunderbusch Rast hielt, kam ihm wieder die Mutter in den Sinn, und daß er ihr so großen Kummer bereite, und sein Bruder und die Nonna und der alte Pepe, und nun ward er sehr traurig und weinte, weil er sie vielleicht nie mehr wiedersehen sollte; denn wie konnte er etwas Gutes und Großes vollbringen, und der Fisch hatte es doch von ihm verlangt. Er blieb auch drei Tage lang ganz niedergeschlagen, und wenn er an spielenden Buben oder an einer Linde vorbeikam, unter der Burschen und Mädchen lustig tanzten und sangen, dachte er: »Ihr habt es gut; ihr seid keine Unglückskinder wie ich.«

In der ersten Nacht blieb er in einer Mühle, in der zweiten in einer Herberge und in der dritten in einer Schmiede zur Nacht, und als er in aller Frühe aufbrechen wollte, kam ein Reiter hastig geritten und rief dem Meister zu, der vor der Werkstätte stand: »Die Schlacht ist verloren. Der König flieht. Die Grisos ziehen auf die Residenz zu.«

Da lachte Georg laut auf, und als der Bote dies hörte, schlug er nach ihm mit der Gerte; aber er traf ihn nicht, und der Knabe lief nun weiter, und es kam ihm vor, als hätte ihm jemand die Last abgenommen, die ihn bisher bei der Wanderung bedrückte. Einmal flog es ihm auch durch den Sinn, daß die Seinen und der Feldherr Moustache die Schlacht verloren hätten, wenn er ein Prinz geblieben wäre und, statt sich die Füße auf der Landstraße wund zu laufen, sich's daheim wohl sein ließe.

Es war noch früh, als er zu der Stelle gelangte, wo der Fluß sich nach Osten wendet. Von hier aus mußte er sich nordwärts halten und fand einen Weg, der durch den Wald auf die Spitze der Bergkette am Ufer des Flusses führte. Der Tau hing noch an den Gräsern, und in dem Eichen- und Buchenlaub über ihm flötete, rief, girrte, zirpte und hackte es so lustig, als ob alles, was Vogel heißt, mit Sing und Sang ein Fest feierte, und der Specht den Takt dazu schlüge. In den Zweigen spielte Sonnenschein, auf dem blumigen Boden lagen die Schatten der Blätter wie lauter runde Guldenstücke, und obgleich er bergan stieg, kam ihm das Atmen wunderbar leicht vor, und auf einmal, er wußte selbst nicht warum, sang er ein Lied, das er von den Gärtnerburschen gelernt hatte, frisch und aus voller Brust in den Wald hinein. Um Mittag glaubte er die Höhe erreicht zu haben, aber hinter ihr erhob sich ein noch höherer Gebirgszug, und nachdem er gerastet und das Butterbrot, das die Frau des Schmiedes ihm mitgegeben, verzehrt hatte, wanderte er weiter und gelangte, als die Sonne sich zum Untergang neigte, auf die höchste Bergesspitze weit und breit.

Von da aus konnte er den Fluß wiederum sehen. Der schlängelte sich glänzend und gleißend wie eine silberne Schlange durch grünes Wiesenland. Waldige Höhen zogen neben ihm hin, die Spitzen des Forstes waren vom Widerschein der sinkenden Sonne mit leuchtenden Bändern verbrämt, und über die schneeigen Firnen des fernen Felsengebirges breitete sich ein rosiger Schimmer, der ihn an die Pfirsichblüten daheim erinnerte. Die grauen, steinigen Höhen hinter ihm umwallte nun ein zarter, veilchenfarbener Duft, und ganz, ganz weit im Süden leuchtete etwas Blaues auf, und das konnte der liebe, heimische See sein, den er vielleicht nie wiedersehen sollte. Das Andre war alles wunderschön, und das Herz füllte sich ihm bis zum Ueberfließen mit Erinnerungen und Hoffnungen.

Er wandte die feuchten Augen bald nach rechts, bald nach links, und nirgends fanden sie eine Grenze. Wie weit, wie unermeßlich weit war die Welt, und sie sollte von nun an sein Heim sein, nicht mehr der enge, hoch ummauerte Schloßgarten zu Hause. Zwei Adler wiegten sich unter den sanft erglühenden Lämmerwölkchen, und nun sagte er sich, daß er nicht weniger ungebunden umherziehen könne auf Erden als sie in der Luft. Da faßte ihn das Gefühl, ganz frei zu sein, mit voller Gewalt, und er riß das Hütlein vom Kopfe, schwang es lustig hoch über sich hin und eilte schnell wie beim Wettlauf den Berg hinunter und fand in der Klause eines Einsiedlers gastliche Ausnahme für die Nacht.

Von nun an bereitete das Wandern ihm Lust. Er war ein Unglückskind, – da half kein Leugnen, – aber einem Glückskinde konnte doch nicht viel anders zu Mute sein als ihm. Am dreißigsten Tage fand er in dem flachen Lande, wohin er schon längst gelangt war, einen Reisegefährten. Der war der Sohn eines Steinmetzen und weit älter als er; aber er nahm den lustigen jungen Vagabunden dennoch als Kameraden an, und weil er gerade von der Wanderschaft heimkehrte und bald bemerkte, daß Georg ein anstelliger, kernhafter Bursch mit offenem Kopf war, beredete er ihn, sich bei seinem Vater in die Lehre zu geben. Der hieß Kraft und war ein tüchtiger Meister, und nahm den Reisegefährten seines Sohnes, der gerade den letzten Groschen an den Mann gebracht hatte, gern bei sich auf. So wurde aus dem Herzogskinde ein Steinmetzlehrling.

Im Schlosse der Grisos herrschte indessen viel Jammer und Gram. Der Bursche, mit dem Georg in den See gefahren war, hatte das Leben gerettet und am andern Morgen den Weg nach Hause gefunden; – aber so viel man ihn auch ausfragte, brachte man doch nichts aus ihm heraus, als daß er mit den leiblichen Augen gesehen habe, wie der Prinz ertrunken. Mit dieser Auskunft mußte der Hofstaat sich zufrieden geben, die Herzogin aber that es mit nichten; denn eher gibt ein König die Herrschaft auf, als eine Mutter die Hoffnung, ihr liebstes Kind. Sie besaß ja auch ein Mittel, um sich zu vergewissern, wie es mit dem Lieblinge stand: den Zauberspiegel, den die Fee dem ersten Wendelin geschenkt, und in dem alle Grisos jederzeit diejenigen erblicken konnten, die sie liebten. In diesem Spiegel hatte sie auch den Gemahl vom Rosse sinken und sterben sehen. Jetzt nahm sie ihn wieder aus dem Ebenholzschreine, in dem sie ihn verwahrte; doch so lange Georg in der Höhle des bösen Geistes gefangen saß, wollte sich nichts auf der blanken Fläche zeigen. Das war nicht gut; aber sie hörte nicht auf zu hoffen und dachte: »Wär' er gestorben, so müßte ich doch seine Leiche gewahren.« Die ganze Nacht hindurch saß sie vor dem Spiegel, und am andern Morgen kam ein Bote vom Heere der Grisos und meldete, daß der Feind dränge und eine Schlacht auch ohne die neuen Truppen, die der Feldherr Moustache gefordert, geschlagen werden müsse. Der Ausgang sei zweifelhaft, die Herzogin möge alles für sich und die Prinzen zur Flucht bereit halten und sollt' es zum Aeußersten kommen, auch die Kronjuwelen, das Staatssiegel und einige Wispel Gold mit sich führen.

Nun ließ der Statthalter dies alles in Kisten packen und auch seinen eigenen Schlafrock dazu. Dann bat er die hohe Witwe, in den Spiegel zu schauen und ihn rufen zu lassen, sobald das Bild der Schlacht sich ihr zeigte.

Gegen Morgen sah die Herzogin, wie die Heere zusammenstießen, aber gleich darauf verlangte es sie wieder, den Sohn zu erblicken. Und siehe, da trat er ihr vor Augen, und er saß neben einem alten, zerlumpten Hirten und aß mit ihm Käse und Brot und war ganz naß und konnte die Kleider nicht einmal wechseln. Das ängstigte sie sehr, und sie sah ihn schon, von Schnupfen, Fieber oder von einer Lungenentzündung ergriffen, hilflos im Freien liegen, und von nun an kümmerte sie sich gar nicht mehr um die entscheidende

Schlacht und vergaß, während sie ihm mit den Blicken folgte, viele Stunden lang alles andere. Dabei berief sie Jäger und Boten und die Professoren, die Geographie, Pflanzen und Steinkunde trieben, und ließ sie mit in den Spiegel schauen und fragte sie, ob sie wüßten, wo das Gebirge lag, das sie in ihm sahen. Aber die blanke Fläche zeigte nur die nächste Umgebung des Wanderers, und Keiner konnte Auskunft erteilen, wo Georg sich befinde. Da sandte sie Leute nach allen Himmelsrichtungen aus, um ihn zu suchen.

So ging der halbe Tag dahin, und als der Statthalter am Nachmittag wieder kam, um sich nach dem Verlaufe der Schlacht zu erkundigen, erschrak die Herzogin; denn sie hatte sie völlig vergessen.

Nun befahl sie dem Spiegel wiederum, ihr das Heer und den Feldherrn Moustache, der ein Vetter des verstorbenen Herzogs war, zu zeigen, und da gewahrte sie mit Schrecken, daß die Reihen der Ihren ins Wanken gerieten. Der Statthalter sah dies gleichfalls, schlug die Hände vor die schmale Stirn und rief: »Alles verloren! Meine Würde, Eure Hoheit, das Land! Ich muß in den Schatz, in den Stall! Die Feinde, die Flucht – unsere Tapferen. – Geben Eure Hoheit wohl acht auf den Verlauf des Kampfes! – Höhere Pflichten . . .«

Damit entfernte er sich, und als er nach einer halben Stunde ganz rot von all den Anordnungen, die er getroffen, wieder kam und unbemerkt von der Frau Herzogin ihr über den Rücken in den Spiegel schaute, fuhr er unwillig zurück und rief so ärgerlich, wie ein rechter Hofmann eigentlich niemals vor der allerhöchsten Herrschaft werden kann: »Beim Blut meiner Ahnen! Ein Bub, der bergan steigt . . . Und es thut uns so dringend not, zu erfahren . . .«

Da seufzte die Herzogin auf, ließ die Schlacht abermals erscheinen, und nun zeigte es sich, daß die Dinge, während sie nach dem Sohne Ausschau gehalten, sich zum Besseren gewandt. Das freute sie sehr, und der Statthalter rief: »Ich habe es Eurer Hoheit vorausgesagt. Die Bedingungen liegen so, daß uns der Sieg schwerlich entgehen dürfte. Wackerer Moustache. Im Vertrauen auf ihn konnte ich die Karawane mit den Schätzen ruhig aufbrechen lassen. Herzogliche Gnaden werden gestatten, sie zurückzuberufen.«

Von nun an sah sie nicht mehr nach ihrem Kinde, bis die Ihren gesiegt und den Feind in die Flucht geschlagen hatten. Dann brauchte sie den Spiegel wieder nach Herzenslust.

So lange sie später den Georg traurig hinziehen sah, dachte sie: »Ist das mein ausgelassener Bub? Wenn er doch wieder fröhlich dreinschauen und einen dummen Streich machen wollte.« Und als der Knabe dann als lustiger, freier Wandervogel weiter zog, freute sie sich wohl, aber es bekümmerte sie doch, daß er so sorglos aussah, als hätte er sie völlig vergessen.

Alle Boten, die ihn suchen sollten, waren vergebens ausgesandt worden; sie aber erfuhr durch den Spiegel, daß er ein Steinmetzlehrling geworden war und grobe Arbeiten zu verrichten hatte. Das betrübte sie sehr. Er war ja leider ein Unglückskind; wenn sie ihn aber so grobe Speisen, daß ihre Hofhunde sie verachtet hätten, aus derselben Schüssel löffeln sah, in die auch die anderen rohen Tischgenossen griffen, dachte sie, das Elend, in das er geraten, sei doch gar zu tief und zu gräßlich geworden. Unbegreiflicherweise schaute er trotz alledem immer fröhlich drein, während Wendelin, der Thronfolger, recht mürrisch aussah.

Das Herzogtum dieses glücklichen Knaben hatte sich durch den gewonnenen Krieg stark vergrößert, und die Stände sprachen davon, es zum Königreich zu erheben. Er besaß alles, was sich ein Menschenkind nur immer wünschen kann, und dennoch schien er mit jedem neuen Monat verdrossener und unzufriedener zu werden.

Wenn der Thronfolger in der goldenen Kutsche ausfuhr und die Herzogin hörte, wie das Volk ihm zujubelte, oder wenn sie ihn beim Fasanenschmaus mit der Zunge schnalzen und ihn lange Spargeln durch die Zähne ziehen sah und dabei bedachte, wie kümmerlich und schwer es sein Bruder habe, mußte sie, so unrecht sie das auch fand, dem Glückskinde, dem alles Gute zu teil ward, das dem armen, ausgestoßenen Georg abging, geradezu gram sein.

Einmal sah die Herzogin im Spiegel, wie Georg ein Uhrwerk, das er behutsam auseinandergenommen hatte, wieder zusammenzusetzen versuchte, und als der Statthalter mit dem Zeremonienmeister bald darauf hinter sie trat, um gleichfalls in den Spiegel zu schauen, erhoben beide ein lautes Zetergeschrei und geberdeten sich, als sei der Feind von neuem ins Land gebrochen.

»Der arme, beklagens- und beweinenswerte Unglücksprinz,« schrie der eine. »Ein Griso, es ist unerhört, verrucht und tempelschänderisch,« jammerte der andere. Und sie hatten allerdings etwas Gräßliches zu sehen bekommen; denn vor ihren Augen war dem Sohne Wendelins XV. von einem rohen Handwerker der Rücken mit einem Rohrstock tüchtig zerbläut worden. Aehnliche Greuelscenen bekam die Herzogin auch später in der Schule zu sehen, wohin der Steinmetz den aufgeweckten und tüchtigen Lehrling gegeben hatte. Ach, und wie lange mußte das arme Kind dort hinter großen Reißbrettern und vor schwarzen Tafeln mit garstigen Figuren sitzen, während Wendelin nur zwei Stunden am Tage von einem feinfühligen Lehrer, der ihn mit sanfter Hand und wie zum Spaß in die Wissenschaft gleichsam hineinschmeichelte, Unterricht empfing. Was nach Schwierigkeit aussah, wurde behutsam von ihm ferngehalten, und alles Bittere verstand man ihm mit süßem Honig schmackhaft zu machen. Auch in der Schule wandelte das Glückskind auf Rosen ohne Dornen, und wenn er den Lehrer bisweilen angähnte, so war dieser stolz darauf; denn bei allem, was andere junge Menschenkinder Vergnügen nennen, gähnte der Prinz noch viel öfter und lauter.

Als er sechzehn Jahre alt geworden, wurde er für volljährig erklärt; denn Prinzen werden eher verständig als andere Menschen. Man krönte ihn auch gleich darauf nicht nur zum Herzog, sondern zum König, und auch dabei hielt er öfter das Spitzentuch vor den Mund.

Der Staat wurde vortrefflich von ihm regiert; denn seine Mutter und die Weisen des Landes hatten tüchtige Männer erwählt, die alles konnten und vollbrachten, was notthat. Sie wurden des Königs heimliche Räte genannt. Der erste hatte das Heer, der andere die Verwaltung, der dritte die Steuern und Zölle, der vierte die Schulen zu verwalten, ein fünfter für den König Gnade zu üben und der sechste, der den Titel des Rates der Räte führte, für Seine Majestät zu denken. Diesem erfahrenen Manne war es auch überlassen worden, eine Gemahlin für den jungen König zu wählen, und er hatte seine Aufgabe wunderbar gelöst; denn die Prinzessin, die am zwanzigsten Geburtstage Wendelins XVI. mit ihm Hochzeit machte, war die Tochter eines mächtigen Königs und so schön, als hätte der Herrgott, wie er sie formte, einen besonders feinen Zirkel benützt. Ein ebenmäßiger gestaltetes Wesen konnte man in dem berühmtesten Wachsfiguren-Kabinet nicht finden, und dabei besaß sie die Kunst, ihre regelmäßigen Züge stets in bester Ordnung zu halten; denn wenn etwas Komisches vorkam, hob sie nur leise die Lippe, und wo andere geweint und das Gesicht verzerrt haben würden, senkte sie nur langsam die Lider. Sie war auch sehr tugendhaft, und trotz ihrer siebenzehn Jahre wurde sie »weise« genannt; denn sie sagte nie etwas Einfältiges, und gewiß aus Bescheidenheit verschwieg sie gerade die klügsten Gedanken. Das war Wendelin lieb, weil er selbst nur ungern redete, aber seine treue Mutter grämte sich darüber; denn sie hatte sich gefreut, das volle Herz in das einer Tochter zu ergießen und die Gattin ihres Sohnes zu ihrer Vertrauten zu machen. Doch es war anders gekommen; denn wenn sie die reiche Fülle der Empfindungen, die sie selbst belebten, auszuströmen versuchte, war es ihr immer, als flöße alles von der Königin ab, wie das Wasser von der Brust eines Schwanes.

Das Volk freute sich seines Herrscherpaares; denn es war so wunderschön, und dazu sah es gar vornehm und fürstlich aus, wenn Beide, schräg in die Ecken der goldenen Kutsche gelehnt, dahergefahren kamen und so stolz in die Luft schauten, als hätten sie ihre Freundschaft im Himmel und nichts auf Erden zu suchen.

So vergingen die Jahre, und die Wahl des Rates der Räte schien diesmal doch nicht vollkommen glücklich gewesen; denn die Königin schenkte ihrem Gemahl keinen Erben, und dem Hause der Griso drohte die Gefahr, mit Wendelin XVI. auszusterben. Das bekümmerte die Herzogin wohl, aber doch nicht so tief, wie man denken sollte: denn sie wußte, daß noch ein anderer Griso lebte, und ihr Mutterherz hörte nicht auf, zu hoffen, daß der einmal wiederkehren und den Stamm ihres Gatten erhalten werde.

Sie hörte darum auch nicht auf, Boten in die Lande zu senden, in denen Georg nach der Tracht der Leute und dem Ansehen der Gegenden und Bauten, die sein Bild im Spiegel umgaben, weilen konnte.

Ein einzigesmal hatte sie ihrer Schwiegertochter vergönnt, mit ihr in das blanke Glas zu schauen, aber nie wieder; denn da die Königin Georg gerade zu sehen bekam, wie er ärmlich gekleidet in einem dürftigen Dachkämmerchen mit perlender Stirn über Zeichnungen gebückt war, hatte sie nur die Nasenflügel leise zusammengezogen, als ob sie von dem Geruch der Armut gestreift zu werden fürchte, und dann gleichgiltig gesagt: »Das sollte ein Bruder meines hohen Gemahls sein? Unmöglich!«

Von dieser Stunde an gestattete die Herzogin außer der alten Nonna niemand mehr, mit in den Spiegel zu schauen, und doch verbrauchte sie viele, viele Stunden an jedem Tage, um dem elenden Lebenswege ihres Unglückskindes zu folgen. Manchmal wollte es ihr freilich scheinen, als mische sich doch etwas Glück in das kümmerliche Dasein des armen geplagten Gesellen, und es fiel ihr auch auf, daß, während der einst so schöne Wendelin trotz seiner grauen Locke überstark und so rotwangig wurde, daß er jetzt aussah wie ein ganz gewöhnlicher Pächter, der Dutzendjunge Georg sich dagegen nach und nach in einen schlanken und stattlichen Mann mit hoher Stirn und leuchtenden Augen verwandelt hatte.

Welche Aengste mußte sie mit ihm durchleben, welche Schmerzen schnürten ihr, so oft sie ihn notleiden sah – und das war nichts Seltenes – das Herz zusammen, aber wie häufig mußte sie auch mit ihm lachen und sich freuen, wenn das Unglückskind sich der wunderlichen Täuschung hingab, glücklich zu sein. Hatte sie je ein so strahlendes Gesicht gesehen wie das seine, als ein würdiger Greis in langem Künstlertalar ihn eines Tages in einem prächtigen Saale an die Brust zog und über große Baupläne, an denen sie Georg bei der Arbeit gesehen hatte, einen Lorbeerkranz hängte? Und dann – er war in ein fernes Land gezogen – geberdete er sich mitten in der kläglichsten Not – die Welt schien sich zu verkehren! – so ausgelassen lustig, als hätte das Glück sein größtes Füllhorn bis auf den Grund über ihn ausgegossen.

Er bewohnte eine weiß getünchte Kammer, die nicht einmal gedielt, sondern nur mit rohen Ziegelsteinen gepflastert war. Abends genoß er nichts als ein Stückchen Brot, einige Feigen, etwas Ziegenkäse und dazu einen Schluck trüben Weins, den er mit Wasser verdünnte. Ein altes, ärmliches Weib pflegte ihm dies Bettlermahl zu bringen, und es schnitt ihr ins Herz, wenn sie sah, wie er die Kupferstücke zusammensuchte, mit denen er es bezahlte. Heute schien er die letzten verausgabt zu haben; denn er kehrte das Beutelchen um, schwenkte es durch die Luft, und dabei fiel auch nicht die kleinste Münze zur Erde.

Das war ihr wieder mitten ins Herz gedrungen, und sie hatte lange und bitterlich weinen und dabei an das Wohlleben des anderen Sohnes denken und dem grausamen und blinden Schicksal grollen müssen, das seine Güter doch gar zu ungerecht verteilt.

Als die Augen ihr endlich wieder trocken genug geworden waren, um das Bild in dem Spiegel zu erkennen, schaute sie wiederum hinein, und da gewahrte sie ein langes, ärmliches Haus, an das sich ein großer Raum schloß, über den sich ein Spalier breitete. Um seine rohen Holzstäbe schlang sich in buntem Gemisch üppiges Feigen- und Weinlaub, der Mond versilberte die Ranken und Blätter, und der lichte Schein eines hellen Feuers warf goldene und purpurne Lichter auf das Haus, das beleuchtete Spalierdach und das fröhliche Volk, das unter ihm zechte.

An einem schmalen Tische saßen junge Männer in wunderlicher Tracht mit lebhaften und heiteren Gesichtern. Vor jedem stand eine mit Stroh umflochtene langhalsige Flasche, Becher wurden gefüllt, geleert, geschwungen, aneinandergestoßen, aus den Augen der Trinker begann schwärmerische Glut zu strahlen, jede Bewegung freier und lebhafter zu werden, und nun sprang einer auf den Tisch, und dieser eine war der Schönste von allen, war ihr Georg. Und er sah aus, als weile er nicht auf Erden, sondern im Himmel, und als sei es ihm gestattet, den Herrgott selbst und die himmlischen Heerscharen zu schauen. Und nun sprach er und sprach, und die anderen hörten ihm zu und regten sich nicht, bis er den großen Becher mit einem so langen Zuge leerte, daß es die Herzogin kalt überlief.

Welch ein toller Jubel brach dann unter den anderen aus! Wie besessen waren sie aufgesprungen, und einer hatte sogar den Pokal weit von sich und durch die Ranken am Spalierdach geschleudert.

Als Georg endlich wieder auf dem Boden stand, wurde er von den Jungen und Alten umringt, etliche warfen sich ihm an die Brust, und die ganze frohe Schar begann zu singen. Zuletzt sah die Herzogin ihren Sohn mit einem buntgekleideten Mädchen – es war wohl schön, aber barfuß und gewiß nur des Schankwirtes Tochter – sich wie der Wirbelwind im Tanze drehen und ihr dabei – das hätte er, ein Griso, nicht thun sollen, aber sie gönnte es ihm dennoch – die jungen, kirschroten Lippen küssen.

Das sah aus wie Glück, aber wirkliches Glück konnt' es trotzdem nimmermehr sein; denn einem Unglückskinde wird kein solches beschieden. Doch was war es denn anders? Gleichviel; er hatte gewiß das Ansehen eines überseligen Menschenkindes.

Er war in Italien; das wurde ihr mehr und mehr zur Gewißheit, und doch konnte kein Bote ihn finden; aber nach einem Jahre begann ihr Sohn sich mit Dingen zu beschäftigen, die neue Abgesandte auf die Spur führen mußten. Georg hatte die elende Kammer verlassen und wohnte in einem prächtigen, hochgewölbten Raume. Bei Tage pflegte er mit einer Pergamentrolle in der Hand und gar stattlich gekleidet vielen Bauleuten zu befehlen. Oft sah sie ihn auf mächtigen Gerüsten so hoch, so himmelhoch über dem Erdboden stehen, daß sie selbst der Schwindel ankam, gegen den er gefeit sein mußte.

Zuweilen kam ein hoher, fürstlich aussehender Herr mit einem schönen Fräulein und vielen Höflingen und Dienern zu dem Bau, und dann wurde ihr Sohn gerufen, und er zeigte dem Herr und seiner Tochter, einem wunderschönen Fräulein, die Pläne und redete lange mit ihnen. Dabei erwies er sich gar nicht höfisch unterwürfig, und seine Bewegungen waren so frei und schön, und seine Augen blickten so offen und doch so liebenswürdig bescheiden, daß sie ihn übergern ans Herz gezogen und rechtschaffen geküßt hätte; aber ach, das konnte ja nicht sein, und nach und nach kam es ihr auch vor, als trage er nach anderen Lippen als den ihren Verlangen; denn er sah die Jungfrau mit ganz besonderen Augen an, und sie schien sich dies gern gefallen zu lassen.

Einmal ließ sie auch, während sie mit Georg sprach, eine Rose fallen, und als er sie aufgehoben hatte, mußte sie ihm wohl gestattet haben, sie zu behalten; denn sie erhob keinen Einspruch, als er die Blume an die Lippen preßte und sie dann zwischen das Wams und die Brust schob. Der große Bauplan schützte ihn dabei vor unberufenen Blicken.

Eines Abends sah sie ihn mit einer Laute im Mondschein über eine Gartenmauer klettern, aber dann verdunkelte sich der Himmel, und sie konnte ihn nicht mehr erkennen, wohl aber ein erleuchtetes Fenster, an dem ein holdseliges Mädchenbild stand. Die Jungfrau gefiel ihr über die Maßen, und es überlief sie kalt und heiß vor lauter Wonne, wenn sie bedachte, daß Georg sie doch vielleicht zum Weibe gewinnen und ihr eines Tages zuführen könnte. Aber es kam ihr immer und immer wieder in den Sinn, daß er ein Unglückskind war, und einem solchen, dachte sie, würde die Liebe einer so holdseligen Mädchenblume nimmer zu teil.

Was sie in den nächsten Wochen erblickte, das bestärkte nur diese Vermutung. Er hatte sonst immer ein entschiedenes, schneidiges, selbstgewisses Ansehen gehabt, jetzt aber kam er ihr vor wie eine Uhr, die anders zeigt, als sie schlägt; denn auf dem Bau gebot er den Arbeitern zwar so fest und sicher wie immer; sobald sie ihn aber allein sah, machte er ein Armsündergesicht und saß entweder elend und zusammengeknickt da oder lief ruhelos auf und ab und durchfocht die Luft mit den Armen. Manchmal schlug er sich auch mit der flachen Hand so ungestüm vor die Stirn oder mit der Faust auf die Brust, daß es ihr weh that.

Nach einem Gartenfeste, wobei es ihm vergönnt gewesen war, ganz allein und wohl eine Stunde lang mit der Tochter des Bauherrn in einem dämmerigen Laubgang auf und nieder zu wandeln und ihr die Hand mehr als einmal zu küssen, brach er gar, sobald er auf seinem Zimmer allein war, in bittere Thränen aus und geberdete sich dann so gräßlich, daß sie für seinen Verstand fürchtete und sich die Augen rot weinte. Und gerade in dieser Zeit hätte sie Freude, lauter innige Freude empfinden sollen; denn es war wieder zu Tage gekommen, daß der Rat der Räte weiter voraus zu sehen verstand als andere Menschen, und daß er sich bei der Wahl der Königin doch nicht geirret; denn diese war eines Prinzen genesen, und zwar eines echten Griso. Die graue Locke sah zwar etwas schmächtig aus, und es fehlte ihr die kecke Rundung, aber daß sie grau sei, mußte jeder erkennen, der nicht farbenblind war.

Wie gern hätte sich die Herzogin des Enkels so recht inniglich gefreut, aber ihr Herz blieb, selbst wenn sie ihn auf dem Arme hielt, geteilt und zog sie zu dem Spiegel und dem Unglückskinde zurück.

Wendelin XVI. war, als er den ersten Schrei des Kleinen gehört und die Botschaft empfangen hatte, daß sein Kind ein Sohn sei, seit zwölf Jahren zum erstenmal froh wie andere Leute gewesen; denn was sein königliches Leben auch bot, alles kam ihm über die Maßen schal vor und fade. Das größte Vergnügen empfand er, wenn er gedacht hatte, daß es erst vier sei, und es schon fünf schlug.

Das Kind war doch einmal etwas ganz Neues, und sein Herz, das sich sonst so gleichförmig und langsam bewegte wie eine ausgelaufene Uhr, die nachgeht, regte sich etwas schneller, wenn er des Kleinen gedachte. So saß er denn in den ersten Wochen stundenlang neben der goldenen Wiege und schaute den künftigen siebenzehnten Wendelin mit dem Augenglas aufmerksam an, bis auch dies ihn nicht mehr unterhielt und die trägen Wogen des früheren Lebens ihn wieder langsam von Minute zu Minute, von Stunde zu Stunde fortwiegten.

Die Königin, seine Gefährtin auf dieser gemächlichen Reise, war ihm in vielen Stücken ähnlich geworden. Sie gähnten Beide wie andere Menschenkinder atmen. Wünsche hatten sie nicht – denn weil alles, was sie besaßen, von vorn herein vom Besten war, konnte ihnen morgen nie etwas Besseres begegnen und zukommen als heute. Ihr Lebensweg war eine gerade lange Pappelallee, in der sie schläfrig neben einander herschlenderten.

Der Hausmeister Pepe, der, seitdem Wendelin den Thron bestiegen, Leibdiener Seiner Hoheit geworden, war gewiß geneigt, den Gebieter, der unter so günstigen Vorzeichen die Welt erblickt hatte und dem alles nach Wunsch ging, für ein Glückskind zu halten; wenn er ihn aber in mancher stillen Nacht seufzen und wimmern hörte, dachte er: »In der eigenen Haut ist's doch am besten.«

Der Leibdiener war verschwiegen, und was er da wahrnahm, vertraute er Keinem an wie der alten Nonna. Die hatte auch schweigen gelernt und teilte, was sie von dem Alten hörte, nicht einmal der Herzogin mit, die ohnehin schwer genug heimgesucht war.

Ach, wie bleich erschien der Mutter das Bild des Lieblings, das der Spiegel ihr jetzt zeigte! Aber thätig und auf dem Platze war er auch in den schlimmsten Tagen gewesen, und der Dom, an dem er schon seit drei Jahren baute, schien auch bald fertig zu sein. Am eifrigsten wurde noch an der Kuppel geschafft, die den Mittelbau stolz überwölbte. Wenn Nonna der Herzogin über die Schulter schaute, um Georg zu suchen, war er dort immer zu finden, so lange die Sonne am Himmel stand. Manchmal hatte beiden Frauen das Herz still gestanden, wenn er auf die höchsten Balkenspitzen des Gerüstes geklettert war, um von dort aus die Arbeit zu lenken. Das Schicksal hätte nur nötig gehabt, den Fuß des Unglückskindes um einen Zoll zu verrücken oder einer Wespe zu befehlen, ihn in den Finger zu stechen, um seinem Dasein ein Ziel zu setzen. Dabei ängstigte sich die arme Mutter doppelt für ihn, weil er da oben in der gräßlichen Lebensgefahr gar nicht demütig, sondern ganz besonders trotzig und selbstbewußt dreinzuschauen pflegte.

Die Kuppel war schon ganz rund. Warum wollte sie gar nicht fertig werden, warum mußte er immer und immer wieder hinauf auf das schreckliche Gerüst.

»Nonna, Nonna, sieh nur, ich ertrag' es nicht länger,« rief sie eines Tages, nachdem sie lange in das Glas geschaut hatte. »Halte mich – da springt er. Nonna! Ist es geglückt? Ich kann nicht mehr hinsehen,« und dabei wankte der Spiegel ihr in der Hand.

»O,« entgegnete die Alte und atmete auf; »da steht er wie das Standbild Wendelins I. drunten auf dem Markte, fest eingewurzelt und wie angenagelt. Seht nur . . .«

»Ja, ja, da steht er,« stieß die Herzogin hervor und warf sich auf die Knie, um dem Himmel zu danken.

Indessen schaute die Wärterin immerfort in das Glas, und auf einmal kreischte sie so laut auf, daß ihre Gebieterin zusammenfuhr, das Antlitz tief in die Hände verbarg und stöhnend frug: »Hinunter gestürzt? Alles vorbei?«

Aber Nonna ließ sie nicht ausreden, sondern sprang trotz der Gicht in den Füßen ganz rüstig mit dem Spiegel in der Hand auf die Gebieterin zu und stammelte halb lachend, halb weinend, wie berauscht und doch klar und bestimmt: »Georg, unser Georg! Seht nur her! Unserem Prinzen ist die graue Locke, hier, unter meinen Augen ist sie ihm eben erwachsen.«

Da sprang die Herzogin auf und warf einen Blick in den Spiegel und sah die graue Locke ganz, ganz deutlich und vergaß, daß sie eine Fürstin und Nonna eine arme Dienerin war, und küßte sie gerade auf den Mund, der ein so stattliches Bärtlein trug, daß mancher Page gern die junge gegen ihre alte Oberlippe eingetauscht hätte. Dann griff sie nach dem Spiegel, um sich noch einmal zu überzeugen, ob sie recht gesehen hatte; aber auch ihr zitterten die Finger vor innerer Bewegung, und das Kleinod glitt ihr aus der Hand und fiel zu Boden und zerbrach in tausend Stücke.

Das war ein Schreck! Doch zum Glück hatte Nonna in vielen Kinderstuben das, was man Nerven nennt, abgelegt, sonst wäre sie sicher in Ohnmacht und mit ihrer Herrin zu Boden gefallen; so aber konnte sie die Frau Herzogin stützen und ihr noch dazu gute Worte geben.

Indessen untersuchte der junge Baumeister auf dem Gerüste den Schlußstein in der Wölbung der Kuppel und fand das Werk wohl gelungen. Aber er ahnte nicht, daß ihm eine graue Locke gewachsen; denn es kamen ältere Meister und nahmen seine Aufmerksamkeit in Anspruch. Sie drückten ihm die Hände, lobten ihn und sagten, er habe ein herrliches Kunstwerk vollendet. Sie besichtigten mit ihm auch das Innere des Domes, und dann erschien der Fürst, für den Georg das Gotteshaus gebaut hatte, und ließ sich von den Meistern erklären, wie fest und harmonisch geformt die Wölbung sei, die vor wenigen Stunden zum Abschluß gekommen. Der hohe Herr folgte verständnisvoll ihrer Rede, und nachdem er genug vernommen, zog er den Baumeister an die Brust und sagte: »Ich danke Euch, mein Freund. Trotz Eurer Jugend hab' ich Euch Großes anvertraut; Ihr aber überbotet die kühnste Erwartung. In meinem Alter achtet man es für Gewinn, unenttäuscht davonzukommen; doch den Tag, an dem etwas ganz erfüllt, ja überboten wurde, worauf wir hofften, zählen wir froh zu den guten. Euer Werk gereicht dem Lande und dieser Stadt zur Zier und wird Eurem Namen unvergänglichen Ruhm verleihen. Nehmt dies von einem Manne, der es wohl mit Euch meint.«

Damit nahm der Fürst die goldene Kette von der eigenen Brust, hing sie Georg um den Hals und fuhr fort:

»Die Kunst sei leicht, sagen manche, und andere wieder, die Kunst sei schwer. Beide sind im Rechte. Es muß wonnevoll sein und gleichsam zum Himmel erheben, solch ein Werk zu ersinnen, aber daß die Ausführung schwer ist und mit großer Sorge verbunden, das sehe ich wieder an Euch: denn gestern noch freute mich der jugendliche Glanz Eures braunen Haares, und heute – während Ihr die letzte Hand an den Kuppelbau legtet, wird es geschehen sein – heute ist Euch hier an der linken Schläfe eine Locke ergraut, Meister Peregrinus.«

Da fuhr Georg jäh zusammen; denn er sah den höchsten Wunsch seiner Seele sich plötzlich erfüllen. Unter dem Namen Peregrinus war er in die Fremde gezogen und hatte niemand verraten, daß er ein Fürstenkind sei. Das Herz war ihm seit Jahren übervoll von Liebe zu der Tochter des Fürsten, und was er selbst empfand, das wurde von ihr in Treuen erwidert. Das wußte er; dennoch aber hatte er die Sehnsucht wacker bekämpft und den Seinen zu gefallen Leid und Herzweh still getragen.

Wie innig ihm der Fürst zugethan war, dafür fehlte es nicht an Beweisen, und hätte er ihm gesagt: »Ich bin ein Griso,« so wäre der edle Herr sicherlich froh geneigt gewesen, ihm die Hand der Tochter zu gewähren. Das hatte Georg sich tausendmal wiederholt, aber er war stark geblieben und hatte geschwiegen und gehofft und gehofft, daß es ihm mit tüchtigem Können und redlichem Fleiß gelingen werde, das »Gute und Große« zu vollenden, das in der Höhle des Zauberers Misdral von ihm verlangt worden war. Sobald ihm die graue Locke wachse, hatte der Fisch der Fee Clementine gesagt, habe er das »Gute und Große« vollbracht, das ihn berechtigte, den Namen seines stolzen Geschlechtes wiederum zu führen und, ohne die Seinen zu gefährden, nach Hause zurückzukehren. Und nun war er am Ziele und das Werk gelungen. Er durfte sich wieder einen Griso nennen; denn die Locke, der Schmuck seines Hauses, zierte auch ihn.

Der Fürst sah ihn hoch erglühen und tief erblassen, und als er fragend anhob: »Nun, mein Peregrinus?« warf sich der Baumeister vor ihm auf die Kniee, preßte ihm die Lippen auf die Hände und rief:

»Nicht Peregrinus. Von nun an bin ich wieder ein Griso, bin Georg, der zweite Sohn des Herzogs Wendelin, von dem Ihr hörtet, und jetzt, mein edler Herr, jetzt darf ich's gestehen, daß ich Eure Tochter Speranza liebe und mit keinem Gott tauschen möchte, wenn Ihr uns Euren Segen erteiltet.«

»Ein Griso!« rief der Fürst. »Wahrlich, wahrlich, dieser Tag gehört nicht nur zu den guten, nein, zu den besten und allerbesten. An mein Herz, Du lieber, Du trefflicher Sohn!«

Eine Stunde später hielt der Baumeister die Prinzessin im Arme.

Das gab eine Hochzeit! Aber Georg kehrte nicht sogleich zu den Seinen zurück, sondern schrieb nur der Mutter, daß er lebe und glücklich sei und sie mit der Neuvermählten aufzusuchen gedenke, sobald ein großes Werk, das er begonnen, ganz vollendet sein würde. Zu dem Briefe legte er das Bild seiner holden Gemahlin, und als die Herzogin dies erblickt und jenen gelesen hatte, wurde sie um zehn Jahre jünger vor lauter Freude und die alte Nonna um fünf.

Als Wendelin XVI. mitgeteilt wurde, daß sein Bruder noch lebe, lächelte er, und die Königin that das Gleiche; aber sobald sie mit dem Gemahl allein war, rief sie, nun werde das Land der Griso noch kleiner werden, und es sei ohnehin nicht ganz so groß wie das ihres Vaters.

Als Speranza ihrem Gatten einen Knaben geschenkt hatte, reiste die Herzogin mit der treuen Wärterin nach Italien, und das Wiedersehen, das sie mit dem Sohne feierte, war glückselig über die Maßen. Zwei Monate blieb sie bei dem geliebten Paare, dann kehrte sie froh in die Heimat zurück; denn Georg und seine Gemahlin hatten ihr versprochen, sie im nächsten Jahr in der Grisostadt zu besuchen.

Der Dom war vollendet. Ein edleres Bauwerk gab es nicht unter der Sonne, und von weit und breit strömten die Künstler und Kenner herbei, um es zu schauen. Das Lob der Besten wurde Georg zu teil, und wo man von großen Baumeistern sprach, da wurde sein Name unter den ersten genannt.

Froh seines Werkes und doch bescheidenen Sinnes zog er endlich mit Weib und Kind in die Heimat.

An der Grenze empfing ihn lauter Jubel; denn der Feldherr Moustache hatte wiederum einen Feind geschlagen, und beim Friedensschluß war abermals eine neue Provinz dem Reiche der Griso zugefallen, das dadurch die gleiche Ausdehnung gewann wie das des Vaters der Königin.

In der Hauptstadt wehten Fahnen, läuteten hundert Glocken, krachten Böller, donnerten bald hinter einander, bald im lufterschütternden Chor große Kanonen, und hunderttausend Stimmen jubelten und schrieen: »Hoch, hoch! Wendelin der Glückliche lebe hoch!«

Die Stände hatten gestern beschlossen, den König, unter dessen Herrschaft das Land sich so wundervoll vergrößerte und an den sich kein Mißgeschick auch nur von fern wagte, »Wendelin den Glücklichen« zu nennen. Dieser Ehrentitel war auf allen Fahnen, an allen Ehrenpforten, an den Transparentbildern und selbst auf den Pfefferkuchenherzen in den Buden zu lesen.

Georg und sein holdseliges Weib waren froh mit all den fröhlichen Menschen, am glücklichsten aber, wenn sie mit der Mutter allein sein konnten.

Wendelin XVI. empfing den Bruder mit seiner Gemahlin im großen Empfangssaal und ging ihm sogar weiter entgegen, als der Zeremonienmeister es vorgeschrieben hatte; die Königin machte indes den Schaden wieder gut und hielt sich ordnungsgemäß in den rechten Schranken. Nach der Tafel ging Wendelin mit dem Bruder auf den Altan, und als er ihm dort gegenüberstand und ihn näher ansah, schlug er langsam die matten Augen nieder, denn Georg kam ihm vor wie ein Mann von Stahl, und dabei hatte er die Empfindung, als hätte er selbst eine Wirbelsäule von Brotteig im Rücken.

Am Abend war der See wundervoll beleuchtet, und eine große Wasserfahrt mit Musik und Feuerwerk sollte den Festtag beschließen.

Im ersten Boote saß Wendelin XVI. mit seiner Königin auf weichem Kissen von Sammet und Hermelin, im zweiten Georg mit seinem lieben Weibe. Die Mutter mochte sich von diesen Beiden nicht trennen, und das Glück, sie zu besitzen, keine Stunde entbehren.

Das Wetter war so köstlich, wie es nur von diesem Glückstage verlangt werden konnte. Der volle Mond schien so hell, als wollte auch er dem Könige zu dem neuen Titel gratuliren, die Glocken begannen wieder zu läuten, und ein Mädchen- und Knabenchor sang in dem Kahne, der neben der königlichen Prachtgondel fuhr, das neu komponirte Lied, das vierundzwanzig Strophen lang war, von denen jede endete:

> »So preiset sein Glück, und so feiert ihn,
> Unsern König, den *glücklichen Wendelin*.«

Der saß neben der Gemahlin, die auf den hergelaufenen Bruder schalt und dem Gatten gebot, zu untersuchen, ob dieser Baumeister nicht am Ende gar ein falscher Griso sei. »Er und sein Kind,« sagte sie, »hätten wohl auch eine graue Locke; doch das Färben der Haare sei leicht, die Kunst der Friseure weit fortgeschritten, und dieser pausbackige Bube gehöre gewiß eher in die Wiege eines Bauern als in die eines Prinzen.«

Wendelin XVI. hörte nicht, was sie sagte; denn sein Herz that ihm sehr weh, und jedesmal, wenn eine Glocke die andere recht hell und vorlaut übertönte oder der Chor sein »den glücklichen Wendelin« besonders kräftig und überzeugt herausschmetterte, war es ihm, wie wenn man ihn hänselte und verhöhnte. Am liebsten hätte er laut aufgeheult vor Scham und Seelenpein und sich in das zweite Boot zu der freundlichen Mutter und seinem starken Bruder Georg geflüchtet. Wenn er ins Wasser schaute, meinte er, die Fische im See lachten ihn aus, und sah er aufwärts, zog ihm der Mond ein höhnisches Gesicht und blickte spöttisch auf den armseligen Mann, der doch »der Glückliche« hieß. Er wußte sich nicht zu lassen und zog sich ganz in sich zusammen, hielt sich die Ohren zu und hätte Gott weiß wie gern mit dem starken Schiffsmann getauscht, der ihm gegenüber frisch und mit sehnigen Armen das purpurne Segel stellte.

Eine leichte Brise trieb die königliche Gondel der Insel zu, auf der das Feuerwerk abgebrannt werden sollte. Das zweite Schiff folgte dem ersten in geringer Entfernung. Georg hielt die Hände der Mutter und Gattin in den seinen, und dabei sprachen sie nur wenige Worte, aber jedes umschloß einen ganzen Schatz von Liebe und Glück und erzählte beredter als lange Sermone, wie wert und hoch diese drei Menschenkinder einander hielten.

Die königliche Gondel fuhr ruhig an der Klippe vorbei, die die südliche von der nördlichen Seite des Sees trennte; sobald sich aber das zweite Boot ihr genähert hatte, pfiff plötzlich und unvorhergesehen ein furchtbarer Windstoß aus den Felsenspalten hervor, und ehe die Matrosen noch Zeit fanden, das Segel zu reffen, traf er es wieder und wieder und riß das leichte Fahrzeug auf die Seite. Georg regte sich eifrig und half den Matrosen, aber schon hatte ein neuer Windstoß das flatternde Tuch in die Höhe gerissen. Die Gondel schlug um, und ein tosender Strudel riß sie in den Abgrund. Neben Georg tauchten beide Frauen aus den Wogen empor. Er ergriff die Mutter und kämpfte wacker mit Sturm und Wellen, bis er sie auf den Sand am Fuße der Klippe niedergelegt. Dann schwamm er mit ungestümem Eifer zu der Unglücksstätte zurück. Die Mutter war geborgen, doch sein Weib, die Geliebte, sein alles? Sie retten oder mit ihr untergehen, war sein einziger Gedanke.

Da zeigte sich ihm ein goldig wallender Streifen auf den bewegten Wellen. Das war ihr Haar, ihr wundervoller, seidiger Hauptschmuck. Mit Riesenkraft strebte er ihm entgegen, und nun erreichte er ihn, nun faßte er ihn, nun berührten seine bebenden Hände ihren Leib, nun hoben sie ihn in die Höhe. Sie atmete, sie lebte; es lag an ihm, sie dem bösen Feinde, sie dem Tode zu entreißen. Mit der einen Hand preßte er sie an sich, mit der andern teilte er mächtig die Flut; aber es war, als hätte der See sich in einen Strom verwandelt, der mit heftigem Wogenschwall auf ihn eindrang. Er kämpfte, er rang mit keuchender Brust, doch vergebens, immer vergebens. Schon begann die Kraft ihm zu erlahmen. Wenn keiner ihm beistand, war er verloren, und mit hoch erhobenem Haupt und Auge suchte er nach Hilfe.

Da zog die Gondel seines Bruders ruhig und unberührt von Sturm und Unheil wie ein Schwan im Mondschein dahin, und als er das sah, trübte ihm ein bitterer Gedanke die Seele, und es kam ihm in den Sinn, daß Wendelin der Glückliche heiße und daß er selbst ein Unglückskind war. Aber schon teilten seine Arme wieder die Wellen, und diesmal mit besserem Erfolge. Jetzt schlug Speranza die Augen auf und erkannte ihn und küßte ihm die Stirne und sagte: »Du liebster, bester der Menschen!«

Von der Klippe her rief die Herzogin: »Georg, mein guter, mein einziger Sohn!«

Da ward es ihm mit einemmal gar wundersam warm ums Herz. Alle Bitterkeit schwand dahin, und das Wasser schien ihn samt der teuren Last an seiner Brust wie auf Armen zu wiegen. Er fühlte seines Weibes Nähe. Vor sein inneres Auge stellte sich das Bild der Mutter, das seines Kindes und seines herrlichen Werkes, des hohen, unvergänglichen Domes, den er zu Gottes Ehre errichtet. Dann flog ihm durch den Sinn, wie süße Wonnen ihm jeder neue Frühling gebracht, wie das Schaffen ihn beseligt, mit wie heißem Entzücken ihn alles, was schön war auf Erden, durchdrang. Nein, nein, nein! Von allen Menschen hienieden war er, das Unglückskind, der glücklichsten einer! Und nun erwiderte er, tief beseligt von dankbarer Bewegung, den Kuß der Geliebten. Gerettet! Sie war gerettet! Er fühlte festen Grund unter den Füßen und hob sie zum Ufer empor; doch während er sie in die kräftigen Arme legte, die sich von dort aus ihr entgegenstreckten, riß ihn eine wilde Woge in die Tiefe zurück, und die Wasser des Sees schlugen über ihm zusammen.

Am nächsten Morgen fand ein Fischer die Leiche. Georgs Weib und die Herzogin waren gerettet. Die Weisen des Landes sagten, das Unglückskind hätte so geendet, wie es vorauszusehen gewesen, und das Volk sprach es ihnen nach.

In dem Mausoleum der Griso waren nur noch zwei Plätze frei, und sie mußten für König Wendelin den Glücklichen und seine Gemahlin aufgespart werden. So konnte das Unglückskind nicht einmal in der Gruft seiner Väter Ruhe finden, und man bestattete Georg auf einem grünen Hügel, von dem sich ein schöner Blick auf den See und in die Ferne bot.

König Wendelin der Glückliche und seine Gemahlin erreichten ein hohes Greisenalter. Nachdem er zuletzt völlig kindisch geworden, gewöhnte er sich auch ab, in der Nacht so jämmerlich zu stöhnen und zu wimmern wie früher. Nach seinem Tode ward er neben der Königin Isabella in der kältesten Ecke des steinernen Mausoleums bestattet, und kein Sonnenstrahl berührte je seinen marmornen Sarkophag. Sein Sohn Wendelin XVII. besuchte die Gruft jedes Jahr einmal am Allerseelentage und legte einen großen Kranz von trockenen Immortellen auf den Deckel des Sarges.

Das Grab Georgs wurde rings von Sträuchern und Blumen umblüht. Liebende Mutter-, Gattin- und Kindeshände hegten und pflegten es, und wenn der Frühling kam, sangen Nachtigallen, Rotkehlchen, Finken und Amseln ohne Zahl fröhliche Lieder zu Häupten des Unglückskindes, das da ruhte. Sein Sohn Georg wuchs auf zum Stolz der Mutter und ward ein edler Fürst im schönen Italien. Jahrhunderte sind seitdem vergangen, und heute noch pilgern von Nah und Fern begeisterte Künstler zu dem Grabe des großen Baumeisters Georg Peregrinus aus dem fürstlichen Hause der Griso und legen Kränze auf den grünen Hügel, den die Sonne so freundlich bescheint. Sie wenigstens glaubt nicht, daß unter ihm ein Unglückskind ruht.

Über tredition

Eigenes Buch veröffentlichen

tredition wurde 2006 in Hamburg gegründet und hat seither mehrere tausend Buchtitel veröffentlicht. Autoren veröffentlichen in wenigen leichten Schritten gedruckte Bücher, e-Books und audio-Books. tredition hat das Ziel, die beste und fairste Veröffentlichungsmöglichkeit für Autoren zu bieten.

tredition wurde mit der Erkenntnis gegründet, dass nur etwa jedes 200. bei Verlagen eingereichte Manuskript veröffentlicht wird. Dabei hat jedes Buch seinen Markt, also seine Leser. tredition sorgt dafür, dass für jedes Buch die Leserschaft auch erreicht wird.

Im einzigartigen Literatur-Netzwerk von tredition bieten zahlreiche Literatur-Partner (das sind Lektoren, Übersetzer, Hörbuchsprecher und Illustratoren) ihre Dienstleistung an, um Manuskripte zu verbessern oder die Vielfalt zu erhöhen. Autoren vereinbaren direkt mit den Literatur-Partnern die Konditionen ihrer Zusammenarbeit und partizipieren gemeinsam am Erfolg des Buches.

Das gesamte Verlagsprogramm von tredition ist bei allen stationären Buchhandlungen und Online-Buchhändlern wie z. B. Amazon erhältlich. e-Books stehen bei den führenden Online-Portalen (z. B. iBookstore von Apple oder Kindle von Amazon) zum Verkauf.

Einfach leicht ein Buch veröffentlichen: **www.tredition.de**

Eigene Buchreihe oder eigenen Verlag gründen

Seit 2009 bietet tredition sein Verlagskonzept auch als sogenanntes "White-Label" an. Das bedeutet, dass andere Unternehmen, Institutionen und Personen risikofrei und unkompliziert selbst zum Herausgeber von Büchern und Buchreihen unter eigener Marke werden können. tredition übernimmt dabei das komplette Herstellungs- und Distributionsrisiko.

Zahlreiche Zeitschriften-, Zeitungs- und Buchverlage, Universitäten, Forschungseinrichtungen u.v.m. nutzen diese Dienstleistung von tredition, um unter eigener Marke ohne Risiko Bücher zu verlegen.

Alle Informationen im Internet: **www.tredition.de/fuer-verlage**

tredition wurde mit mehreren Innovationspreisen ausgezeichnet, u. a. mit dem Webfuture Award und dem Innovationspreis der Buch Digitale.

tredition ist Mitglied im Börsenverein des Deutschen Buchhandels.

Dieses Werk elektronisch lesen

Dieses Werk ist Teil der Gutenberg-DE Edition DVD. Diese enthält das komplette Archiv des Projekt Gutenberg-DE. Die DVD ist im Internet erhältlich auf **http://gutenbergshop.abc.de**